草野の先生（偽作または戯作　ファウスト）五幕劇

己が知力の弱きがままに、仮象に目がくらんで
仮象をもって光とする者は幸いなるかな。
―グラッベ「ドン・ジュアンとファウスト」―

まえがき

この作品は、まぎれもなく、ヨーロッパ中世のファウスト伝説を源流とするゲーテの『ファウスト』およびグラッベの『ドン・ジュアンとファウスト』の流れを汲むものである。淵源から流れ出た水は深く伏流水となって、はるかに時代と国を遠くはなれて分流、あるいは細い支流となりながら、それぞれの身近に泉となって湧き出ており、この小著も、ほかならぬその泉からの清水を汲み取って、ささやかな一曲の戯曲としたものである。

ここに登場する主要な人物たちは、それなりの個性をもちながら、それぞれ自己を主張しているとはいえ、前掲の著作の登場人物たちに比べて、ずいぶん矮小で小ぶりなところは、なにぶんにも作者の身の丈に見合ったもののゆえにやむを得ない。副題を（偽作または戯作ファウスト）とした所以である。

この戯曲を表現手段から分類すると、明らかに台詞劇に属するものであり、表現技法からいえば、一種の夢幻劇に相当するだろう。

なおかつ普通に、喜劇か悲劇かというと、もちろん喜劇であるにちがいない。もっとも、劇中劇に贋作とはいいながら、『ハムレット』の悲劇を包含する喜劇ではある。

そしてまた、表現主義劇や不条理劇やリアリズム劇のような、イズムの枠組みの拘束を強いるものではない。むしろそれらから乖離することで、自らの身に深くあって、たがいに対立する、〈知と情〉、〈夢想と覚醒〉、〈存在と否定〉などといった観念の、懐かしい家郷に回帰をして、しばらくの間そこに閑居をしながら、いささかの心の慰謝と調和をはかるものである。

本作品は舞台にのせるよりも、むしろ台詞劇として、演出の制約から離れて読むための、レーゼドラマを形成している。

本戯曲を、さながら舞台にあるかのように、観賞するについては、少しばかりのヒントは示されているものの、舞台背景や書き割りなどや、演者の仕草やコスチュームなどは、もとより読者のお気に召すままである。

目次　草野の先生

登場人物

先生　草野の先生（旧家のあるじ）
メフィスト　行政官・客人・メフィストフェレス
太郎次　先生の使用人
夜会の人々
　人気者
　老女
　老婦人　1・2・3・4
　若い女　1・2・3
　老人　1・2
　青年　1・2・3・4
　中年男　1・2・3
　銀行家
　社長

町長
有力者
神父
画家
婦人　1・2

劇中の人物
ハムレット
ホレーシオ
レアティーズ
ポローニアス
オフィーリア

第一幕

第一場

ある病院の個室に老人がひとり、ベッドに横たわりながら、静かに本を読んでいる。

片方の腕が点滴のチューブにつながれている。

窓のレースのカーテンを通して、うすい光が差し込んでいる。

しばらくして、看護師がようすを見にきて、点滴をチェックしながら、病人と二言三言なにごとか話をかわしたのち、静かに出ていく。

老人は、傍らの小机の上に本をおき、静かに目を閉じているうちに眠り込む。

やがて、老人の夢の中へ場面がかわる。


片方がわずかに明るみ、あたりいちめんの霧におおわれた暗闇。

うっすらと、ひとりの黒い人影が浮かび上がる。


人影　（沈んだ声で）どうしようもない暗闇だ。

およそ、ここがどこだか見当もつかない。

それに何という静けさだ。

まるで人声どころか、水の流れや風の音もしやしない。

ここがどこだか知らないが、はるばると来つるものかなという思いだ。

それに、ぜんたいにおれは、明るいところもいけ好かないが、こう暗くてはまったくのお手上げだナ。

（普通の口調）まあよい。

暗いところには、住み慣れているし、考えごとをするにはもってこいだ。

べつにあてどのある旅でもなし、誰かに追われるでも、煩わされるわけでなし、気ままにゆるりと、道行といこうか。

（ゆっくりとした口調で）ぬばたまの、夕闇、宵闇、暗闇、真っ暗闇、漆黒の闇。

それから、常闇、闇から闇へ。

まことに心地よく響くではないか。

おれの心には、それぞれの闇が、おのずから明るんで見えるようだ。エレボスという幽冥が、夜の女神のニュクスと交わって、昼の神のヘーメラを産んだという。

暗闇が明かりをもたらすとは、何とも示唆に富んだ話ではないか。


人影がしばらく歩みゆくうちに、霧がしだいに薄れゆくにつれて、町筋らしきものが見えてくる。


人影　ありがたい。

どうやら町筋に出たようだ。ところどころに灯りがちらちら見えて、気のせいか、かすかに人声が聞こえてくるような気がする。

今が真夜中なのか、夕暮れなのか、明け方なのか、そんなことはどうでもよい。いくら暗いところに住み慣れているといっても、今は明るく開けて、暖かいところが何よりだ。

なぜって、おれはフクロウではないのだからナ。

なぜって、おれはコウモリではないのだからナ。

霧が晴れ上がった中を、人影が歩きつづける。


人影　どうやらここは、田舎町らしいな。

あるいは、どこかの避暑地かな？

日暮れて間なしの宵とも見えるが、まわりの家々も小ざっぱりとして、道すじの雰囲気も悪くはない。

それに、人通りもなくて静かで、おれはこのような夜が好きだな。

家々の灯りがちらほらとして、おそらく今は夕飯どきか、あるいはそれも終わって、みんな揃っての一家団欒というところかな。

しばらくこのまま通りを歩いて、あたりのようすを見るとしよう。


ややあって、通りの前方から、黒いマント姿の背の高い人物が、ゆっくりと歩いてくる。

人影　（少し驚いたふうに）おやおや、こんなことをいっているうちに、誰だか、向こうからやってくるぞ。

皆がそれぞれの家々に収まっているというのに、今どきひとりでやってくるとは。

どうやら難物らしいぞ。

このまま避けてやり過ごすのも癪にさわる。

したが、まるで声をかけぬわけにもゆくまい。

それに、ここら辺のことについて、何かとたずねてみたいものだしな。

ちょっと当たって、やつの出方を見てやろう。

（近寄って小腰をかがめながら、しかしちょっと横柄に）

もしもし。

まことに失礼ですが？


人物　（しかたなく、立ち止まるというようすで）あたりに、誰もいないとなると……。

フム、私のことですかな？

そうなりますな？

人影　ええ、あなたのことですとも。
（傍白　とんだ難物らしいぞ）まことに失礼いたしますが、少々おたずねしたいのですが、ここは、いったいどこなのでしょう？

　つまり、市とか町名などを、おたずねしているわけです。
人物　（やや不機嫌に）つまるところ、ここは、さる地方都市の、青山町の青葉通りです。覚えておきなさい。
人影　（ややくだけた口調で）これはどうも、恐れ入ります。いきなりですな。私は旅の者でして、ずいぶん遠方から参りましたものでして、何しろ、先ほど着いたばかりのところでして。
人物　それはどうも。遠方とはどのあたりです、具体的に場所をおっしゃい。
人影　具体的にといわれても。そう、あちこちの地方を行きめぐり、寄り道したり、逗留したり、歩いたり、急いだりしてやってきました。もちろん、あなたは、この町にお住まいの方と存じますが？
人物　もちろん、この地の者ですが、あなたがどなたか、分からんうちは、私もお答えするわけには参りませんな。
（からかうように）旅の者といっても、いろいろありますな？本物の旅行者や、普通の者やら、旅の詩人やら、旅芸人やら、逃亡者やら？

はっきりとおっしゃい。

人影　またぞろ、一本取られましたナ。

実を申せば、私は、さる地方に先祖代々住むものでして、この度も、そのさる地方の自治体から派遣されております行政官、とだけ申しておきましょう。

今のところは、これでご勘弁ねがいます。

人物　あい分かりました。

私は「草野の先生」、いや、この町の者たちがそう申しますので。

この先の、陋屋に住まいしております。

何なら明日にでも気が向いたら、立ち寄られるがよろしい。

急いでおりますので、これで失礼。

人影　これはご親切に、恐れ入ります。

いずれまたそのうち、お会いすることもありましょう。

人物が立ち去ってゆくのを、見送りながら。

老人らしいが、一見したところ、この町にふさわしく、いかにも田舎紳士といったところだな。
それにしても、高慢な奴だ。尊大ぶってやがる。
世間を小馬鹿にして、いっぱし大仁ぶってやがる。
明日にも立ち寄ればよいといったな。
なればそのうちに出向いていって、いずれ、ウラを取ってやるぞ。
ところで、この町については、もう少しぶらついていろいろと調べなければならんな。
見渡したところ、緑も多そうだし、家々も瀟洒だ。
向こうに教会の塔らしきものも見える。
やはりここは、避暑地の町らしいな。
おや、またもや誰だか、やってくるぞ。

太郎次、急ぎ足になにやら呟きながらきて、人影に突き当たりそうになる。

太郎次　（とんまな口調で）おやまあ。
ちょっと聞くだがおらの旦那さま知らねえだか？
人影　旦那さまというのは、ひょっとして、黒いハットの黒いマントを着た、横柄なもののいい方をする、背の高い老人のことかね？

太郎次　おやまあ。まるで、おらの旦那さまでねえか。

ちがいねえ。

それで、どうしただかね？

人影　先ほどまで立ち話をして、（うしろを振り返りながら）そこのところで別れたよ。

この道を真っ直ぐ向こうへいって、いや、どこぞで逸れたかも知れんな。

太郎次　そりゃそうだとも、きっと夜会へゆかれただ。

忘れ物をされたで、いまメガネを届けるところでさ。

おらは、旦那さまの使用人で「太郎次」ってもんで。

それではご免なすって。

人影　（前をさえぎって）ちょっと待った。

いきなり人にものをたずねておいて、もう、ご免なすってはないぜ。

お前さんにチトたずねたいのだがね、旦那さまはどんなふうなお方かね？

つまり、人となりとか、人柄とか、性分とか、金持ちとか、そうでないとか、変人とか、ソラ、いろいろあるだろう？

それを聞かせてくれないかね？

太郎次　旦那さまかね？

旦那さまは、たいそうエライお人で、町の衆はみんな「草野の先生」と呼んでいるよ。若いときに、よそへ出て、たいそうな学問をなすって、博士にもなられて、それで年を取って、戻ってこられて、たいそうな旧家にお住まいのお人でさ。何しろ、家の裏庭がそのまんま山へつづくってわけで。（笑）ヒッヒ。つまりなんだね、風景式庭園てえのがある、豪勢なお屋敷でさ。（笑）ヒッヒ。ときどき、おらのことを、長男か次男かも分からない、左巻きだなんていって、おらを小突きなさるだ。

人影　（からかいながら）それはおおいにありえることだね。

太郎の次じゃ次男じゃないのかね。

太郎次　ありがとうよ。そのうちにまたナ。

どうぞ、ご免なすって。

人影　（少し離れてから）出っ腹の太っちょめ。

おつむの方は、いまひとつのようだな。

しかしあのように、息せき切って急いでいたところをみると、いちおうは主人に対して、忠実な下僕のタイプとはいえそうだ。

せいぜい主人へ忠孝をつくすがよかろう。


太郎次　（路を急ぎながら）いきなり出てきおって、ビックリしたなモウ。

ああいう場合には、先にものをいうた方が勝ちだ。

ホレ、強盗や追い剥ぎやは、出くわすといきなり、「やい、金を出せ」なんていうじゃねえか。それで、相手がびびるってわけだ。

それにしても、旦那さまのことで、人にものをたずねておいて、横目を使いながら横柄なものいいをして。

あのような高慢ちきな態度をとって、まずはこの町では見かけぬタイプだ。

およそどこかからの、流れ者にちがいなかろう。

明日からの夜道は、気をつけないといけねえな。


人影　（独り言をつぶやくように、通りを進みながら）町役場を過ぎて、公園を過ぎて、学校と図書館に、それに博物館らしきもの、さしずめ、この町の文京区といったところかな。

その先の丘の上に教会が見える。窓の灯りが見えるところによると、今は、夕べの祈りの時刻でもあろうか。

さて、これからどうするかな。

雲間から一瞬、月の光がさして、青白く、少し不快な不気味さを感じさせる人影の顔が、照らし出されて、すぐに消える。
しばらく佇むうち、黒い影のような姿、辺りの闇にまぎれて見えなくなる。

第二場

場面が変わり、数日後の夕暮れ。
（人影は行政官らしい服装に変わっている）
先生の屋敷らしきところのそばで、行政官と太郎次が出くわす。

行政官　やあ、太郎か次郎か知らぬが、まるで蝦蟇のように、いきなり、のっそりと出てくるじゃないか。

太郎次　（無愛想に）お言葉ですがね、「いきなり」と「のっそり」とは、相性が悪くて合わないと思うだがね。

それに、おらは「太郎」でも「次郎」でもねえ。

「太郎次」ってもんだ。

それで、いったいお前さまは、どこのどなたさまかね？

「のっそり」などと、まるで人を蝦蟇か何ぞのようにいったりして。


行政官　おや、もう私のことを忘れたのかね？

ほら、先だって夜道で出くわして、私にお前さんの「旦那さま」のことをたずねたじゃないか。

先生に忘れ物のメガネを届けるとかいって。


太郎次　（気を戻して）ああ、それで思い出した。

あの晩のときのお人かね。

それにしても、人を「のっそりもの」呼ばわりは失礼ってもんですぜ。


行政官　お言葉だがね、お前さんの場合は、それがピッタリなんだよ。

面白いやつだね。

ところで、例の紳士の「先生」のお宅はこのあたりかね？

太郎次　（素っ気なく）知らないね。
何しろ近頃じゃついぞ、紳士というお人に、お目にかかったことがねえもんでね。

もっとも、一見紳士らしくて、その実いっこうに紳士でない人なら、ひとり知ってるだがね。

行政官　おおよそ、そのような御仁だろうよ。

（からかいながら）どうしたね、今日はいやにご機嫌ななめじゃないか。

そんなにふくれっ面をして、いよいよまるでスネ蝦蟇が三尺四方に怒ってるようだ。

太郎次　お言葉ですがね、第一おらは、何度もいうが蝦蟇かなんかじゃないし、第二におらは、スネてなんかいないし、三番目をいうと、ただちょっと気が滅入っているだよ。

もっとも誰かのスネはかじっているだがね。

なるほどおらは、旦那さまにお仕えしてはいるものの「おまえは、質の悪い居候が居直っているのとおんなじ」なんていわれてネ。

このところ、おチョウモクも、ろくろく頂戴していない始末でさ。

行政官　（大笑いしながら）それでその仏頂面か。

よしわかった。

これからは、私もちょいと面倒みようじゃないか。

で、旦那さまはどんなようすだね？

太郎次　（普通の口調で）そうさね、うちの旦那さまを愛するってぇわけにはいかねえな。

今ごろは、うちで絵を描いていなさるはずだ。おらをモデルにしたあとのネ。

行政官　これはちょいとしたアイデアだ。お前さんをモデルに使うとはナ。それで風刺画でも描こうというわけだ。

太郎次　風刺画だなんてとんでもない。正真正銘の油絵でさあ。どうしてどうして、大作にも取り組みますよ。「これはお前を描いているが、お前を写しているのではない」なんていいながらね。赤やら、白やら、黒やら、黄色やらを、塗ったり、重ねたり、混ぜたり、消してみたりで、何もかもがダメになって、とうとう終いには、カオスのようなありさまでネ。

行政官　（うきうきとして）ブラボー、カオスとはよくぞいったものだ。

太郎次に金をわたす。

太郎次が小腰をかがめて受け取る。

まさしく、カオスから、すべての物が生まれ出て、しだいに形をなして、発展をして確定をして安定するが、やがてはそれも、時とともに崩れ落ちて、またカオスでもって終わるのだからナ。

カオスから真っ黒な夜も、憎しみも、愛欲さえもが生まれ出て、やがてついに、それも消え去るのだ。

まことにカオスこそは、すべてのものの母胎であり、また、その墓場でもあるのだ。

カオスこそがすべてだ。


太郎次　（もどかしそうに）ときに、お前さま。

このへんでもう、お暇をもらいてえんで。

ちょうだいしたおチョウモクで、ちょいと一杯やりにゆきてえんで。

それに、馴染みのところへもネ。


行政官　そうかね。

それでは、お前さんのその酒樽の腹と、馴染みとやらのあばずれに祝福あれだ。

あばよ。

第三場

行政官、太郎次と別れて、屋敷の裏手の庭にまわり、そこの明かりの灯る窓の下に立ち止まって、部屋の中のようすに聞き耳をたてる。

行政官　先生のやっこさん、何やらブツブツと愚痴っていやがるぞ。しばらくこの窓のところでようすを見てから、玄関口にまわって、何なら、臭い息でも吹っかけて、やつの出方を見てやろう。場合によっては、やつとはひと悶着がおこるやも知れぬ。（うきうきと）なぜって、おれはお人好しの聖人ではないのだからな。有徳の坊主ではないのだからな。

この家のあるじ、所在なさそうに、火の気のない暖炉の前のソファーに腰掛けて、先ほどから、何やら独り言をいっている。

先生　（沈んだ声）今夜もまたこのように夜風がさわいで、何かの気配におびえるかのように、あのように窓ががたついている。

このような夜は独りでいると、どうにも気が滅入ってならぬ。

このような夜になるとまたしても、いつものことながらの繰り言が口に出てしまう。

（間）むかしに憧れていたものが、憂愁をおぼえたものが、何もかもが、柔らかく、優しくおし包まれて、苦悩さえもが甘く感ぜられたものが、今や、茨の棘となって、骨身をつつくように思えてならぬ。

漆黒の闇は、もはや心のうちに輝かず、浄福のルリ色は、哀しみの藍色に変わり、安らぎの若葉のみどりも、清澄の翡翠色も色あせて見える。

かつて、私の孤独は、空高く飛翔する鷲の鳥のように誇り高く、また深山の幽谷をさまよう虎のように、孤高な剛気に満ちていたものであった。

かつて、あれほどに愛おしんだ、みずからの青春の香りも、はつ夏の優しい風のささやきも、恋しき女人たちも、今はもうない。

そして、まわりの風景や自然も、どこか優しくてしっとりとして、安らぎに満ちみちていたものが、今や、冬枯れのようにかさかさに干からびているではないか。

人情においてもしかりだ。

老人たちは疎まれ、働き手たちは、ものを想うこともなく、その日の糧をえるのに精いっぱいで、若者たちは、勝手気ままにのし放題だ。

はんなりとした、匂わしく、上品な言葉も失われてしまった。

かつて、あのようにあったものが、あったことが、今は、どうしてないのだ？

（やや高ぶりながら）どうして、何もかもが消えてしまった？

奇怪な現象だ、奇怪な摂理だ。

これではまるで、何もなかったことと、おなじではないか。

（間）果たして、神はおわすのか？

「何ぞはるかに立ち給うや、何ぞ悩みのときに匿れ給うや」という言葉が、詩編にある。

「深き淵よりわれ汝を呼べり」と呼んでみても、やはり、神は現れない。

「神がなければ、作り出さなければならない」と、さる先人がいったたな。

神を弑逆しておいて、代わりに「超人」や「永劫回帰」なるものを持ち出した、哲人のような詩人がいたたな。

神の代わりに「超人」なるものを創り出したりして、大したロマンチストだ。

したが、自分たち、人間が捏ね上げてこしらえた「神」に何の値打ちがあろう。

（間）宇宙はあるのか？

なるほど、今はあるな。

はじめに、何があった？
はじめに、言葉あり。いや、声があったか。
おかしいナ。
言葉はどこから出た？
言葉は、万物をすべ給う神のエホバが仰せられた。
あやしいナ。
神の以前には何があった？
神は初めからおられた。
どうも合点がゆかぬナ。
それでも、現実に、宇宙がある。
ビックバンによって、できたという。
そのビックバンからしてが、何からおこったのだ？
それの前に、いったい何があった？
まるで何もないところからは、何ものも生じまい？
無因有果。
生じてくる原因の物のないのに、生じてしまって物があるのだ。

またもや、はじめに、言葉があったか？
言葉や精神から物は生じまい？
それでも、何かがあるに違いない。
われわれ、人間の知識には及びもつかない、はかり知れない、何かがあるはずだ。
いっさいの存在論を超えたものがあるはずだ。
ものの始まりを問うことは、恐ろしいことだ。
それを思い詰めると、私は、気が狂いそうになる。気が滅入ってくる。
私の、人間の、卑小さを、思い知らされるようでたまらぬのだ。

おもての扉をノックする音が聞こえてくる。

先生　おや、よりにもよって、こんな折しも、誰やらおもてに請う者がある。
まったく、とんだときにやってきたものだ。

扉のところに、いつぞやの人影から身なりを変えた、行政官がきている。

行政官　（少しばかり神妙に）いつぞやの夜に、初めてお目にかかりまして、いつぞやの夜の、お言葉に甘えまして、お邪魔にあがりました。
それに、表敬訪問というわけでもあります。

先生、一瞬、迷惑気味な表情のあと、相手をじろじろ見ながら。

先生　それはようこそ。せっかくだから、あがりたまえ。
（部屋の方へ案内しながら）
ところで、この町のようすはいかがなものですな？

行政官　それが、まことに結構なところでして、たいへん興味をそそられます。しばらく逗留してみようかと思います。
まわりの緑も豊富ですし、加えて、閑静な町のたたずまいも申し分ありませんし、この上はうまく先生にも、町の衆ともおつきあいを、頂けるとよいのですが？

先生　そういうことならご心配なく。遠慮なさらんでもよろしい。
（相手に椅子をすすめて、自分も座りながら）
私には、何なりと、お話やら、質問やら、しなさるがよい。

もっとも、お茶のことやら、家のことやらは、あまりお構いできかねますがね。

何しろ、太郎次という、使いの者が、使いの者ですからな。


行政官　ええ、ええ、存じておりますよ。

先生とおなじいつぞやの、夜の道で会っておりますからね。

ところで、その太郎次から聞かされて知りましたのですが、先生は、たいへんな博識家で、読書家で、また物書きで、いろいろと思索をしたり、思案をしたり、そのうえに、絵もお描きなさるとか。

ぜひいちど、拝見いたしたいものです。（傍白　カオスのような物をナ）

それに、この町の夜会などはどんなものですな？

それについても、お伺いしたいもので？

やはり、晩餐会やら、舞踏会やら、音楽会やら？

音楽はやはり、夜曲にかぎりますな？


先生　（やや、素っ気なく）私は、物書きでも画家でもありません。

それに、夜会などと申すほどのものはありません。

この町の連中が集まる、ただの夜の集いですよ。

仮にそれを夜会などといったところで、しょせんは浮世に咲いた、あだ花というもの。

花と咲いても、実をむすぶことがない。

それだけのものです。

(普通の口調にもどり)ただ、手前はちょっと、その……、あらかじめお断りしておきたいが、おおかたとは、少し意見を異にする者でしてナ。

いろいろの、軽率な問題やら提起について、基本を論ずるわけにはゆきませんナ。

大勢が集まるところでは、考えが大ざっぱになっていけない。

やはり、ものを思うには、家にいるのがいちばんよろしい。

家にあっての夜の思索は、とくべつに、思い入れが深く、情緒に富むが、そのぶん、独善的で、偏って、ときには悪意を伴うことがあるが、そのかわり、朝々の思索は、ややに深みには欠けるものの、賢く、透明で、実践的で誤りが少ない。


行政官 なるほど、あるいは、先生の仰せのとおりかも知れませんナ。

とりわけ、軽く一杯きこしめしてからの夜の思索には、ゆえ知らず深い情緒が感ぜられて、とくべつのものになりますな。

ところがですね。朝になってみると、私のような者には、とくに寝起きの悪い朝などは、信仰さえ失いかねないのですからね。

というわけで、その外はおおかた先生のお考えに同感です。

（ややぶしつけな口調）ですがね、私があちらこちら、歩いて、見聞きしましたところの、夜会と申せばですナ。

そこではですね、みんながおたがいに、紹介し合ったり、耳打ちしたり、お喋りしたり、笑い合ったり、泣き言をいってみたり、愛を打ち明けてみたり、騙し合ったり、傷をなめ合ってみたり、空想したり、同じ夢を見てみたり、何かを企画したり、幻想したりして、楽しむんですナ。

そのようにして、社会を構成するのです。

結構なことじゃありませんか。


先生　（落ち着きはらって）ところが、実際はですな、世間はですな、たとえ夜会でなくとも、そうやって、お喋りしたり、幻想したり、何かを企画したりしているうちに、徐々に、現実というものから逸れてゆくのです。

そのうちに、仮想の現実、バーチャルなものに馴染んでしまって、自分のことはもとより、家族のことや、社会や、国家のことも分からなくなる。

ところが、内心では、不安で自信が持てなくて、たまらないものだから、やたらに徒党を組んだり、政党を作ったり、おたがいに似合ったもの同士が群れを作って、集まるのですな。

そうしているうちに、仮想の市民、仮想の国民、仮想の国家というものができあがる。二重の自分、二重の国家というものができてくる。

そして、どちらが本物か分からなくなる。

行政官　なるほど、おおいにあなたの仰せのとおりかも知れませんナ。ところが、あなたは、そのように世間から離れて、というより背を向けてという方が適切かも知れませんが、毎日部屋に閉じこもって、思案をしたり、本を読んだり、空想したり、夢を見たり、あなただけの絵を描いて過ごしたりで、そのようなことに何の意味がありますか？
それでは、まるで何もしないことと同じですよ。

先生　（気色ばんで）何をいわっしゃる、そんなことは決してない。人は、知りえたもの以上のことを、考えることはできない。想像することさえできない。

（普通にもどって）まずは、いろいろと本でも読んで、調べて、知識をえることが大切だ。

そうすることで、自分のことや、他人さま、世間一般のことが分かるようになる。そのうえで、ようやく自分で考え事をしたり、物思いに沈んだり、懊悩したり、憂えたり、哀しむことができようというもの。

「知恵おおければ憤り多し、知識を増すものは憂いを増す」と、聖書の《伝道の書》にもある。ここは大切なところだ。

ここのところの機微は、あなたにはお分かりにならないだろうがね。

（間をおいて）私は、哀しむことが好きだ。

そのことに、意義がある。

哀しむことは、貴いことだ。

これもお分かりになるまいだろうがね。

また聖書に「幸いなるかな、悲しむ者。その人は慰められん」とあるよ。

神も見そなわすというものだ。

行政官　なるほど、お説の筋は分かりましたよ。

（皮肉たっぷりに）あなたが、聖書などを持ち出されるので、私にもいわせてもらいますがね、《伝道の書》には他に、日の下で人が苦労して、いろいろ働いてみても、その身に何の益があろうか。すべては空しい、なんていっていますよ。

またたしか、知恵や知識を得ることもバカバカしくて、風を捕らえるように空しい、というようなこともね。

先生　（平気をよそおいながら）あなたは、小賢しく、聖書に書かれているところの、ほんの一部分だけを取り出して、それをマイナスに捉えて、悪く解釈しておられる。なかなかに、油断のならぬお人と見受けるが、いったいあなたは、何者だろうネ？方々歩きまわる旅の者だとか、行政官だなどといって、誤魔化していなさるようだが、そろそろほんとうのところをいいたまえ。さきほどから何やら、私の目には、あなたがチラチラ、二重に見えるようで、いささか合点がゆかぬですぞ。

行政官　（なれなれしく）聖書を悪くいうようでは、まさか坊主では、ありますまい？しかし、旅の者に変わりはないですよ。とはいっても、旅の役者でも、旅の興行師でも、香具師でもありませんや。もっと他のもの、場合によっては上品な食客、タチの悪い居候たりうるものです、と申したらよいかも知れません。

先生　（からかうように）人をたぶらかしたり、マジックを使ったり、黒い服を着たりで、私には、まるで尾羽打ち枯らした、旅の興行師か何ぞのように見えるがね。

行政官　これは参りましたナ。どうやら、景気のよい世過ぎとはゆきませんナ？

何しろ、長年のたずきですからナ。

仰せのとおり、たぶらかしたり、マジックを使ったり、遠い親戚には、そんなものもいますがね。

私は、あなたと違って、少なくとも働いておりますよ。

あちら、こちらを廻ってネ。

先生　（機嫌をわるくして）はっきりと申して、私は、あなたが気に入りませんナ。

なぜと申して、あなたは、人の話を茶化したり、世間を小馬鹿にしたりで、私にくらべて、多分に悪いところを、愚劣な部分を、あまり感心しかねる性格をおもちのようだ。

行政官　（くだけた、ぞんざいな口調で）ところがですネ。

あなたは私にとって、ずいぶん近しいお方と、お見受けしますがね。

ひとつ、自分のことをよく考えて、見つめ直してごらんなさい。

いつもお側に、自分の影のようにいるものが、お分かりになるでしょうよ。

先生　影のように、ですと？

行政官　黒い影のように、いつもあなたのお傍にいますよ。

先生　（機嫌わるく）そのような影なんぞはお断りだね。

あなたは、私の愚劣な部分よりも、もっと下等な、それ以下のものだ。
質の悪い皮肉屋、ひねくれた天邪鬼、それだけのものだ。

行政官　（なれなれしく）愚劣な部分、ひねくれた天邪鬼、おおいに結構。
まさに、あなたのシノニムとしてネ。
影のようにお供しますよ。

先生　またしても影のようにだと？
そのうえ、何がシノニムだ。
シノニムとは、同じ意味をもつ言葉をさしていう言葉のことだ。
人のことについて用いるものではない。

行政官　ところがですね、今の場合〈あなた〉と〈私〉という言葉は同意語になるのです。
同じ意味をもつことになるのです。

先生　それなれば、あなたは、私のアントニムだ。
このことを、くれぐれも忘れないようにナ。

行政官　これはこれは、見事に脚韻をふみましたナ。
結構ですとも。
少なくともあなたは、もはや私の存在を、認めなすったもおなじですからね。

（またもや、なれなれしく）これからは、気軽にあなたの分身とでも、あなたの心のひねくれた天邪鬼とでも思いなさい。

何なら、もっとロマンチックに幻想的に、あなたの夜に生まれ出るもの、夢のようなもの、信用のおけぬ、仮象のものとでも思ってください。


先生　うむ、仮象のものか。

そのような程度のものでいるがよかろう。

（素っ気なく）寄りつく蚊を払うように、手のひらを一振りすれば、ただちに消えてしまうような、その程度のしろものサ。


行政官　（陽気に）仮象おおいに結構。

考えてみてごらんなさい、今あなたの前に立っている私の右手は、あなたから見ると、私の体の左側に見えます。これは真実。

つづいて、鏡をごらんなさい、あなたの右手は、あなたから見ても、右側に見えますが、これはいわば虚像、つまりこの場合、あなた自身が、虚像に他なりません。

もちろん虚像よりも、仮象の方が真実に近い。

これからは、おたがい「君」あるいは「あんた」でいきましょうや。

（普通に）いろいろと申しましたが、私のことなどは、悪い夢、つまらぬ幻覚を見たくらいに思ってください。
じっさい、私などはそれくらいのものですよ。
(椅子から立ち上がりながら)そろそろ今夜は、このあたりでお暇をいただくとして、
ついでに、おたくの太郎次に敬意でも表しますかね。

先生　どうとも、お好きなように。
彼がいるのは、この棟の外れの納屋の中です。
(揶揄するように)ああ、ちょっと思いついたのが、これを機に、知ってのとおりの、
家の太郎次と仲良くなって、ひとつヤツの面倒を見てやってはどうかね。
ひねくれ者どうし、お似合いの相手だと思えるがね。

行政官　(気楽な口調で)ひとえにご免こうむりますよ。人格がちがいすぎますさア。

ひたすら呑んだり食ったり、のらくらしてばかりで、生産的なことは、何ひとつしな
いくせに、消費ばかりする輩ですよ。

いやなに、これは太郎次のことをいっているのですよ。

こたびは、これでお別れします。

いつもお側近くにいることになるかも知れませんね。

ですが、あなたに決して敵意をもつ者ではありませんよ。

先生、行政官が立ち去るのを目で確かめたあと、独り言のように。


先生　遠い親戚がいるなどと、妙なことをいっていたな。

どうにも薄気味の悪い、まるでメフィストフェレスのようなやつだ。

仮象のものとも、幻覚などともいいおったな
「消費ばかり……」といいながら、私の方を見て、目を細めおったな。

敵意はないといったな。

しかし、悪意はないとはいわなかったぞ。

まるで盗人のように、いつの間にか私の心にこっそりと忍び込んで住み着くつもりでいるらしい。


行政官　（部屋を出てから）どこやらの都会からの出戻り爺さん。偏屈な爺さんメ。

いやに尊大ぶっていやがったな。

いずれそのうちに、さながら、狂おしく舞いながら飛ぶ夜の蛾が、誘蛾灯の誘いにあらがいきれぬように、そしてまた、葉陰に隠れる卑怯なカマキリが、ゆっくりと獲物に近づきながら、折を見て、いきなり鋭い鎌でもって、襲いかかるように手の内に取

り込んでやるさ。
それでは、またナ。
田舎紳士の爺さんよ。

行政官、納屋のところまできて、薄暗い部屋の中を覗き込む。
太郎次、納屋のわら布団のなかで、太平に丸まって眠っている。

行政官　またぞろこんなに蝦蟇のように、丸くなって寝ていやがる。
おおかた、馴染みに振られてのお帰りだろう。
この出来損ないの左巻きめ。
悪さをしたあとで見る、夢のなかでうなされるがよい。
それでは、またナ。

—幕—

第二幕

第一場

通りのはずれ、疎らな木立に囲まれた、木造の洋式作りの、大きな建物の夜会の会場。

先生と客人（行政官から、ごく普通の装いに姿を変えたもの）が、大勢の人の群れのなかに混ざっている。

この町の人気者が司会をしている。

人気者　（狂言風に、少しふざけて）これは、今宵の夜会の司会を務めまする、皆様方ご存じの人気者でござりまする。
お忙しいところを、紳士淑女がた、お若い方々、そうでない方、暇つぶしの、ぎょうさんの老女の方々、男やもめのお爺さん方、ようこそおりやった。

いつもと同じに、話し合ったり、ささやき合ったり、ぐちったり、笑い転げたり、歌ったり、踊ったり、お酒を飲んで、挙句の果てに、掴み合いをしたりで、それも大いに結構ですが、今宵は、旅の劇団がきてござるによって、特別に観劇の席を用意してござります。
めったにお目にかかれませぬ出し物でござりますほどに、こちらの方も存分にお楽しみ下さりますよう、お願い申し上げまする。
その他にも何なりと、どうぞ私め、または係の方へお申し付け下さりませ。

人気者退場、さっそく老女が客人に話しかける。

老女　若くない方だの、暇つぶしだのなんて、ずいぶんネ。あの間抜けの、人気者の、とうへんぼくメが。ぶん殴ってやるぞ、まったく。
客人　（笑いながら、近寄る）張り倒してやんなさい。あのような手合いには、それが相応というものです、まったく。
老女　おや、（相手をじろじろ見ながら）見かけない顔だね、おまえさん誰だね？

いったいどこからきたの？


客人　（気さくに）旅の者ですよ。

方々歩きまわってやってきました。

先日から、草野の先生のお屋敷にご厄介になっております。


老女　それはそれは。

（同じく、調子を合わせて気さくに）ご厄介だなんて。

おおかた、先生の耄碌に付け込んで、たかりの食客にでもなる気なんでしょ。

（思いついたふうに）そうそう。

それがねあなた、私の家にも食客がいるんですよ。

誰かさんのように、方々うろついていたのが、すっかり居着いてしまってネ。

めす猫の三毛の、「葛」っていうんですがね、図々しいったらありゃしない。

そこで、私はクズにいってやるのサ。

「昔はね、猫といえども、五位の位を貰わなけりゃ、宮中に上げて貰えなかったものだよ。

『命婦』だの『おとど』などといってさ。それを何だいお前、野良の分際でサ。いつの間にか勝手にのこのこと上がり込んでサ。

それとも何かい？ここが宮中でないとでもいうのかい？

そんな眼つきで睨んでサ。

ほんとうに、いけ好かない、あばずれだヨお前は。

この上も一緒にいてサ、どうしても、折り合いがつかないときに、この家を出てゆきゃなけりゃならないのは、お前のほうだよ。

私でないよ！」ってネ。

客人　（大笑いしながら）それからどうしているネ？

老女　べつにどうもしてないよ。ずっと家にいるさ。

客人　めでたく折り合いがついたってわけだ。

老女　むこうの方が先につけにきたのサ。

そのうち、アンタともつけようじゃないか。

客人　ありがとう。ご免こうむるよ。

（離れながら）先に一本取りやがった。

油断のならない婆さんだ。

似合いの相棒を見つな。

鼻ぺちゃの猫そっくりの、クズ殿の女親分さんよ。

しかし、あけすけに物をいうところが気に入った。
まずは、長寿を祈ってやろうじゃないか。

老婦人1　（ニコニコ笑って）あなた、やられたわね。
あの方、お口が悪いのよ、お人はそれほどでもないのよ。
でもね、少しキツイところもあるわ。

客人　そのようですね。
でもね、お年寄りなんですから、面倒を見てあげなさいよ。

老婦人1　（気安く）それよりか、私たちの組にお入りなさいナ。
たった今ね、みんなでこの人の若い時分の恋の愁嘆場を、聞こうとしているところよ。

老婦人2　まあ、愁嘆場だなんて、大げさな。

老婦人3　そうよ、それに袖にしたのは、この人の方なんだから。

老婦人4　（まわりに呼びかけて）ねえちょっと、聞いてよ。
昔の亭主だったのが、せんだって、ヨリを戻そうなんて、とつぜん便りをよこすじゃないの、バカたらしい。

老婦人1　それで、どうする気？

老婦人4　どうするって、相手が枯れ木じゃ、今さら、止まる気もおこらないわ。

客人　（笑いながら）そうでしょうとも、冬場のカラスじゃあるまいしネ。
老婦人3　まあ、あなたいうわネ、カラスだなんて。
客人　いや、なに、否定して「あるまいし」といっているのですよ。
老婦人3　それが、当てつけがましく聞こえるのヨ。
老婦人5　（軽く）私たち、何もかもが、過ぎ去ってしまったのネ。
　でもね、残んの香は、いいものよ。
客人　そうでしょうとも、そうでしょうとも、これで失礼しますよ。
　（その場を離れながら）おんなじ組になどと。
　おれはあんた方ほど、老けちゃいないよ。
若い女1　やはり、夜会はノクターンにかぎるわネ。
　それも、フィールドよりかやはり、ショパンネ。
若い女2　それに何といっても、短調の曲ネ。
　私は七番や十九番などのパセティックなのが好きだわ。
若い女1　私はやはり一番の少し哀しくて、ロマンティックなのが好きよ。
　それに何かしらこう、憧れのような気分もあるわ。

客人、ごく自然に溶け込むようにきて。

客人　それに、秋の宵のわびしさも感じられますね。

若い女1　あら、春の宵のやるせなさよ。

客人　それが通俗というものです。

若い女2　今あの方が弾いているのは何番だったかしら？
だけど、さきほどのアンダンテのレガートは、もう少し滑らかにしなくっちゃ。

若い女3　（甘え声で）わたしは、セレナードを聞いてみたいワ。
若い男性のバリトンのネ。
それも少し低めの声の、バスバリトンっていうのかしら？
甘くて、そのくせ男らしくて、なんだか切なくなってくるワヨ。

客人　（うきうきと）そうですとも、男の声の低音には切なさがあります。
それが、男心の切なさというものですよ。
でも、この男心には注意が肝要です。
とくに、あなた方のようなお若い女性の方々にはね。
せいぜい気を付けることですね。

普段から気のおけぬ仲間同士らしい口調で、老人が二人楽しそうに話し合っている。

老人1　どうしたね、変に嬉しそうじゃないか。

老人2　いや、なにネ、おととしに嫁にいった娘の家から、男の子が生れたという知らせがあったのさ。
それが、このワシにそっくりだというのだよ。

老人1　（大笑いして）そっくりだと？　そりゃまた難儀なことだの。

老人2　おまえさん、いうじゃないか。

老人1　いや、なに、それはそれは、おめでたいことでござった。
いや、なに、ワシの方はね、せんだって久しぶりに、小学のときのクラス会があってな、その場所へいって、さて、その部屋を覗いて見ると、ぎょうさんな年寄りの爺さんや、婆さんの顔があるじゃないか。
これは部屋をまちがったわいと、そこらへんをウロウロと探しているとネ、通りがかった親切な人があってな、まるでワシの手を取らんばかりにして、それがなんと隣の建物の、然る部屋へ連れていってくれたものサ。

老人2　（大笑いして）ざまア見ろい。徘徊とまちがえられたじゃないか。それはそうと、ほら、お前さんも懇意にしている、酒屋のやっこさんのところでは、先日女の子の孫が生まれたらしいぜ。

老人1　ほう、そうかね。

先だって、お前さんと一緒に見送った通りの向こうの、あのいけずな婆さんが、もうそんなところへ生まれ変わったもんかな。

老人2　お前さん、やっこさんの前でそれをいうなよ、ずいぶんと気を悪くするぜ。

老人1　（客人が近くへきたときに、つかまえて）しかしなんだネ。

客人　何がです？

老人1　何がじゃないよ。

客人　何がない？

老人1　そう茶化さんでもらいたい。

客人　茶飲み話でも聴きましょう、どうぞおっしゃい。

老人1　それで思い出したよ。

昔にネ、何の寄り合いだったかが、散じての帰りにね、「ねえ、寄ってゆこうよ、女が誘ってるんじゃないの」なんていった、女がいたな。

いや、なに、喫茶店へ入ろうってわけだね。

それがまア、とんだ年寄りの婆さんでね。

亭主を早くに亡くして女やもめのね。

今ごろ、さて、どうしているかな。

お前さんも気をつけなくちゃいけないよ。

人生は短いよ。三〇歳をすぎたら、いつの間にやら五〇歳さ、そして、気がついてみると七〇というんだからね。

客人　（笑って）そして、あなたはもう八〇だ。

老人1　余計なことを、いいなさんな。

客人　分りましたよ。

老人2　それに、われわれの年になると、友達もおいおい減ってくるしね。

だんだんと寂しくなってきてね。

若いときからの友達と友情は大切にしないとナ。

客人　（気さくに）友情ですか、これが問題ですよ。
ほかならぬ私はその「友情」によって、少々不安にさせられますのでね。

なぜってそれは、相手に対して心のうちに、ある種の「あこがれ」に似た感情をもつことでしょう？

そうは思いませんか？

ところがですよ、この「あこがれ」がですね、私が何かほんの、ちょっとした気まぐれで、例えば、朝の起き抜けの気が悪いときなどにですね、まったく「朝には、信仰も失せる」といいますからナア。

朝の寝起きの機嫌の悪いときに、この「あこがれ」とやらを、思い出したとしてごらんなさい。

するときまって、即座にその場で、私はそれが「ねたみ」だということに、気がつくというわけです。

あとは「ねたみ」が片をつけてくれますよ。

老人2　（嫌なふうに）そんなことをいって。
あんたは、ずいぶんなひねくれものだ。

皆から少し離れたところで、若い者たちが数人賑やかにいる。

青年1　やあ、しばらく。
元気かい？
青年2　親父んところから、抜け出してきたよ。
青年1　おれは、お袋のところからさ。
青年3　ぼくはこの週末、授業から逃げてきちまった。
担当の教授と、もめちまってね。
教授のやつ「君は考えることが下手だから、せめて多くのことを暗記して、忘れないようにすれば、何とかなるかも知れない」だとサ。
青年2　さすがは教授だね、ズボシじゃないか。
青年3　君にいわれたくないんだよ。
君だってオヤジから何かいわれてるんだろ。
青年2　なに、いつもの伝で、「息子は親を越えなけりゃならんのに、このざまときたら。背丈ももっと伸びろ」なんて、おれの知ったことかヨ。
青年3　（からかって）それ見たことか「親のスネかじる白い歯」なんて、いうのがあるぜ。
うぶな放蕩息子のことサ。

青年4　おれは、いまの会社を辞めようかと思う。

青年1　それで、どうするね？

青年4　この町で家業を継ごうかと思う、この町の老舗だからね。

　親父もお袋も、もう年だからね。

青年3　それも結構だが、あくどい商売は困るぜ。

青年1　おれの方は、お袋が嫁を貰えとしつこいのさ。

この前なんか、急に写真を見せにきたり、勝手にこそこそと、話を進めようとしやがんのさ。

もちろん蹴ってやったさ。

まだまだ青春を楽しまなきゃ、これからだよ。

今夜もみんなで、そこいらを物色してまわろうじゃないか。

（青年4の方を向いて）中であんたが、いちばん年かさなんだから、率先してくれよ。

　　　先生ひとり、部屋の隅で座り込んで休んでいるところへ客人が立ち寄る。

先生　（青年たちを見やって）あれじゃ、ダメだネ。

客人　精神が、大人になり切らないで、成人してしまったんです。
ピシリと叱りつける者がいなかったんですな。
自由をはきたがえて、わがままを通しているんですな。
でもこれからの、者たちですよ、多少は大目に見てやるんですな。
それよりも、ひとつここいらで先生のこれまでにお持ちの蘊蓄を傾けて、彼らのために、何か有用な、講演などしてみてはいかがです？

先生　（手を振って）イヤなこった。
それどころか、私はしばらくここを遠慮するよ。

先生ひとり、どこかへ立ち去る。

中年男1　（客人を指しながら）見ろよ、あの男を。

中年男2　うむ、新顔だな。

中年男3　（手招きをして）こちらへきませんか。

客人　（軽くうなずいて近寄る）初めまして。
私は旅の者でして、先日この町にきましたばかりで、今は草野の先生ところに逗留しております。
中年男１　ほう、あんたも変わり者だね。
客人　どうしてです？
中年男１　だって、草野の先生のところなんぞに逗留しているからさ。
中年男２　よりによって、あの変わり者の先生のところとはね。
客人　（素直に）そうですか、先生のことについてはよく知らないものですから。
それでは、先生のこと、いろいろと教えていただけませんか？
中年男３　まずは気難しくて、人づき合いが悪い。
中年男１　（面白がって）それに尊大で、何といったらよいのかなあ。
そうだ、高慢なところがあるくせに、何だか貧相なところがある。
中年男２　いろんなことを知ってるようで、それでいて世間のことはうといですな。
中年男３　話が次第によそへ逸れてゆくんだよ、あの人は。
客人　（楽しげに）みなさんのお話を聞いていると、先生はまるで詩人そのもののようですな。
でも、俗物でなさそうなところがよい。
中年男１　年寄りに特有の頑固さがあって、しかも自己主張が強すぎる。

客人　（おなじく、楽しげに）自己主張は大切ですよ。私の知っているロシアの小説では、そこいらに散らばっている、ボロ切れのようなものまでが自己主張しますよ。

中年男2　誰かのことを、あてこすっていっているのかい？

客人　いえいえ、そういうわけではありません。ときに、あの司会の人気者は何者です？　あなたたちの仲間じゃないのですか？

中年男1　（青年たちの方を指しながら）向こうの若い者のグループを卒業したばかりで、今は我々のところで使い走りさ。軽いヤツでね、飾り物にもならないが、そのかわりなくても困る。

中年男3　この町の小間物屋のセガレだ。遊び好きの調子者で、芸達者なところもある。

客人　（平気な調子で）放蕩ぐせもありそうだ。よき先輩たちに恵まれてね。これから向こうの方へいってみます。お邪魔をしました。

中年男2　（客人を見送りながら）よき先輩などと、どうやら、おれたちのことをいってたようだぜ。

町の有力者たち、かたまって談笑している。

銀行家　（社長に話しかける）何だか、浮かぬ顔をしていますね？
社長　浮かぬ顔はお前さんの方じゃないか。
銀行家　そう見えますか？
何しろ、当節のこの景気ではね。
もう近ごろは、金利がどうこういっておれませんな。
中央の方で、よほどの大きな財政出動をしないと、経済は動きませんよ。
社長　私の方も少し融資を願おうと思っています。
町長　（頷きながら）交付税を増やしてもらわないと。
この町の企業からの税金など、たかが知れたものですよ。
それに、福祉や環境の整備やが大した負担で収支がたいへんだ。
町の発展もままならぬですわい。

有力者　少しまわりの山林を切り開いて、宅地に造成してはどうですかな。

そして大々的に宣伝するんですナ。

町の人口を増やすんですよ。

その上で、あれこれと、いろんなイベントや、お祭りめいたことをして、町の内外から客を呼び込むのです。

町の若い衆に、企画を呼びかけてみてはいかがです？


老人2　（有力者の方を見ながら）町がやたらに、賑わしくなるのは、わしは好かんですな。

どこの何者とも知れぬようなのが、増えるのはよいことじゃない。

やはり、今のように、閑静な避暑地風の田舎の町に過ぎたるものはござらんて。


町長　（またもや、頷きながら）左様、騒々しいのは、困りものですな。

よほど慎重にやらねばなりませんテ。

全体に、しっとりとした町並みで、美観を損ねないように、何らかの規制や、条例が必要になるですな。

商工会議所にも町議員のみんなにも協力をもらわんとナ。

老人2　近ごろのペラペラな建物や、奇矯な形や、派手な色はいけませんナ。

町全体の調和を守らなけりゃならん。

軽率なことをしでかすと、環境や景観やら、何もかも失くしてしまう。

ひとたび壊したものを、元に戻すのは容易なことじゃない。


有力者　われわれを上手に利用するんですナ。

うまく、まとめて見せますよ。

都市の方にはいろいろツルもありますですナ。


神父、みんなから少し離れた部屋の隅の、数人の客たちの輪の中で、やや諭すような口調で話している。


神父　悲しいとき、気鬱に思うときには、神に救いを求めて、祈ることで、おのずから慰められます。

ときには、絶望するようなことがあっても、どんなときにも神を信じることが、信仰というものです。

そのようにいっしんに祈り、慰めを求める姿ほど純なものはありません。

嬉しいとき、幸せなときには、神に感謝をして下さい。

そのようなときに、いっそう信仰が深くなるのです。

喉の渇いた鹿が、谷川を慕いあえぐように、神を慕いなさい。

遠くを見るような目で、山の上をごらんなさい。

そして、神のお言葉を待つのです。

けっして、信仰をないがしろにしたり、しもべの分際でありながら、思い上がってはなりませぬ。

何しろ私ども人間は、野の青草や、山の木々や、空を飛ぶ鳥たち、地を這う動物、果ては小物の昆虫たちよりも、ずっと遅れてあとに、造られたものだからです。

私たちがいちばんの後進者だからです。

思い上がって、まるで、広げられた巻物を、端から巻き取るように、緑の原野や、樹海を破壊してはなりません。

神が与えたものを、壊してはなりません。

ひとり、ひとりから、始めなければなりません。

客人　（独り言のように）死にかけの病人を嗅ぎつけやがったな、神父め。
敬して遠ざく、とするか。

客人、別の集団の方へ向かう。

人気者　（神父の方を見やりながら）どうも抹香くさいのは苦手だよ。あれじゃ、若いもんは寄りつきゃしないよ。いっぺん、若いもんを焚きつけて、みんなで「ワッ」と取り囲んでみようかナ。

画家　取り囲んでどうするんだい？

人気者　（陽気に）今どきの、若者言葉ではやし立てるんですよ。仲間うちの符牒やら隠語を使ってね、奇声を上げるんですよ。神父のやつ、驚くだろうなァ。

画家　ひょっとすると、それで神父の君たちに対する、アプローチの仕方も変わるかも知れないネ。

人気者　変わるとすれば、どんなふうになるかナ？少しは、若いもん向きに変わるかな？

客人　（話に割り込み、人気者に向かって）君たちも、少しは宗教に関心をもたなけりゃ。そして本も読まなけりゃいけないよ。そのうえで、神父さんと向き合うことだネ。

人気者　アッ、いけねエ、劇団の方の準備をしなくちゃ。
じゃあ、また（人気者、かけ去る）。

客人　お仕事のはかどり具合はどうですか？
（こんどは、画家に向き合いながら）古典的だとか、写実的だとか、印象派風だとか
抽象的形而上学的とか、ラファイエル前派とか。
それにシュルレアリスムも加えて、いろいろなアプローチが、おありだと思いますが
ネ？

画家　（落着いて）そんなに、いろんな物に手をつけてはいけません。
これと思う手法の基礎から始めて、それに取り組んで、いちずに励むことです。
上達や変化はきたるべきときに、おのずからやってきますよ。

客人　（気安く）ちなみに私が逗留している屋敷の、草野の先生などは使用人の太郎次を
モデルにしていますよ。

画家　それはあまり、創造的な作業とはいえませんナ。

客人　それに、赤やら黄色やら青やら白やら黒やらを使って、塗りたくるのです。

画家　色は効果的に使うことです。
とりわけ、黒色はあまり使うものじゃない。

他の色を混ぜ合わせて黒みの、深みを出すのです。

客人　いつか、先生にそういって、あまり創造的でないっって、忠告してみますかナ？

いや、なに、ほんの匂わすようにネ、ご心配なく。

婦人1　ちょっと、あの若い人達をごらんなさいナ。

ほら、髪を変な色に染めている子よ。

それに着ているものも、何だか派手すぎじゃない？

指の爪までがキラキラしているワ。

婦人2　それに、喋っている言葉も、何だか舌足らずなようで、きゃあきゃあと騒いで、
無作法に笑って、まるで中学生なみだわ。


客人、自然に立ち寄ったふうに近寄りながらきて、話しかける。

客人　髪は、やはり、緑なす黒髪がよろしいナ？
匂い立つような、長いのがね。
婦人1　(少し驚いて) あら、どちらさまかしら？
初めてお目にかかりますわネ？

客人　（気さくに）ええ、旅の者です。

ただし、司会の話にありました、旅の劇団の者ではありませんよ。

このところ、草野の先生のお屋敷に逗留しております。

婦人2　じゃ、前々から先生とは、お知り合いのお方なのね？

やはり、学問の方のお方なのね？

客人　いえいえ、ただの客人です。

ときどき先生の、代理人たる者です。

お話のとおり、当節では、言葉がだいぶ乱れてきましたね。

尊敬語が分からなくて、丁寧語が話せなくて、それに語彙が少ない。

雅語なんて、とんでもない。

婦人2　ほんとうネ、おっしゃるとおりですワ。

わたくしたちも、気をつけなければいけませんわネ。

婦人1　わたくしも、口下手の方で、大勢のいろんな方々とお話しするときに困ってしまいますの。

客人　（気さくに）気をつけながら、全体に少し、ゆっくりめ、に言葉をえらんで話すことですよ。

適当に感嘆詞や観念的用語を入れてみたり。

しかし、あまり感情的になってはいけません、安く見られます。

そして、ときどき、とんでもない名詞と名詞をつなげてみたり、わざとに助詞をまちがえたりして、気を引くのです。

あまり具体的すぎるよりか、抽象的にぼやかして、話の筋から少しずつ逸れてゆくのです。

そうすると素晴らしい、詩人まがいの悪文ができ上がります。

しかし、反対にこうもいえます。

ごくささいでいて、そのくせ、できるだけ具体的な目に映るような挿話をですね、ちょっとした描写のディテールを、挿話として入れるんです。

新聞からでもテレビからでも、又聞きのものでも、ちょっと工夫して細工を加えるのですね。

そうすれば、場面全体がいっそうリアルに、グッと引き立ちますよ。

その先は「あらまァ」とか「もしかして」とか「それにしても」とか「ひょっとすると」などの言葉でつなげるんです。

(調子に乗って)そして、ひとことつけ加えますが、お喋りはつつしみなさい。

第一に品性に欠けますし、第二に喋っているうちに、かならずボロが出ること請け合いです。

また反対に、あまり無口であるのは感心できません。

あのお人は、お高くとまっているとか、逆に、話のできる話題をおもちでない方とか、いろいろ陰口を叩かれかねません。

でもネ、話下手であることも、ひとつの魅力になりえますよ。

しかし、それでも要領よく話下手でなければなりません。

それには、少なからず知性が必要です。

話下手の分、シナを作ったり、目もとに潤いを溜めたりして補うことです。

（ゆきかけて、また戻りながら）

もしも、現代風に話すとしたら、なるべく修飾語や形容詞を使わないことです。

できるだけ直截に、また句読点を効果的に使って、とぎれとぎれにですネ。

そう、まるでロボットが話すように。

ここのところのコツを、忘れないで下さい。

（誰かを探すようにしながら）それでは、このあたりで失礼いたします。

婦人2、客人がその場を離れてから。

婦人2　何だかわたし、話すことが不安になってきたワ。
観念的用語や修飾語だ、なんて聞かされて。

婦人1　それにあの人、何だか不気味な気もしてヨ。
顔つきもそうだし、からだ全体から受ける印象が何だか変よ。

婦人2　ひとりで道で出会ったとき、何と話したらよいのかしら？

婦人1　見ぬ振りをしてやり過ごすのよ。
絶対に眼を合わしちゃダメよ。すぐに寄ってくるから。
ネェ、分かった？

婦人2　エェ、分かったワ。

老女　（客人を見つけて）おやお前さん、また会ったネ。
（からかいながら）どうだったね？
いろいろ物色したんだろう？

客人　人のことより、お前さん。
猫のクズ殿の心配をしてやったらどうだね？

今ごろ、家で腹を空かして、さんざ泣きちらしながら待ってるぜ。
満足に飯を食わせてやっているのかどうか、あやしいものだ。

老女　あれは、今ごろ浮気の最中さ。
恋路の邪魔をするものじゃないよ。

客人　ときに、うちの先生を知らないかい？
先ほどから、いっこうに姿が見あたらないのさ。

老女　どうしてあたしが、あの爺さんの面倒を見なきゃならないんだい。
知るものかね。
疲れておおかた、もう、ひとりで家へ帰ったのじゃないのかね。

客人　ありがとうよ。
そういうお前さんこそ、もう潮時だよ。
（離れながら）へっ！　口の減らぬ婆さんだ。

老女　（客人から離れて）どこから渡ってきたかも知れないワタリガラスめ。
黒いカラスめ。

第二場

客人、先生をあちこち探してまわる。
先生、夜会の連中から離れて、夜の庭園のベンチに独りでいる。

客人　（やっと見つけ出したというふうに）なんだ先生。こんなところにいたんですかい。ずいぶんと探しましたぜ。ひょっとして、もう屋敷へ帰ったかも知れない、なんて思いましたよ。まるでこんなところに、連れ合いを失った雀のように、ひとりぼっちでいるなんて。あなたの夜会は、いつもこんなふうなのですかい？

先生　（しんみりとした口調で、ゆっくり）「われは、野のおすめ鳥のごとく、荒れたる跡の梟のごとくになりぬ。われ醒めてねぶらず、ただ友を亡くして屋根におる雀のごとくなれり」「ああ、わがたましいよ、なんじなんぞうなたるるや、なんぞわが衷におもいみだるるや」詩編には、まことに憂いにみちた、哀切な言葉があるね。

私は、独りでこうやって、ここのベンチで過ごすのが好きなんだよ。見たまえ、この庭園とまわりの林のありさまを。

客人　（おどけ口調で）なるほど、先生のところの庭とはずいぶんちがうワ。見事に手入れされているじゃありませんか。

先生　それにこのベンチの座り心地も、どこかのとちがって申し分なしだ。このようなよき宵は、まるで自然界のあらゆるものが、山川草木までもが、調和して、知識をえた菩提の境にあるように、まるでびくともせずに、泰然としているではないか。

客人　そうですかね。自然はしばしば台風が荒れ狂ったり、大水が出たり、地震が揺れおこって建物が倒壊したり、山崩れがしますぜ。それに、泰然自若といえば、太郎次のヤツ、完全に具足しておりますぜ。ヤツを、何とかして下さいよ。

先生　残念なことに、君のいまの言葉でもって、にわかにこれまでの私の心の調和が壊れて、普段通りの自分に成り下がってしまったじゃないか。

客人　（真面目なふうに）普段通りのなすがままの自然体がよいのですよ。

目の前の庭園とちがう、どこやらのお屋敷の山続きの風景的庭園なども、さぞかしその自然のなすがままに、背景の山そのものに戻るでしょうよ。
しかし、それも結構なことじゃありませんか。
自然界は、泰然としているかどうかはともかく、おのずからなる秩序がありますよ。人間界とちがって、変化するにも、荒れるにも、滅びゆく姿にも、自然的とでもいうべき秩序があります。

先生　ふん、そんなものかね。
（気を取り直して）それで、話は変わるが、向こうはどんな具合だい、夜会の方は？どんなようすだい？

客人　ご存知のとおり、老若男女そろいぶみの烏合の衆でサ。
神父は幅を利かせるどころか、まわりに人がなかなか寄りつかなくて、何だか寂しそうでしたよ。

先生　つきあってやれば、いいじゃないか。
いいお相手ができるじゃないか。

客人　遠慮しておきますよ。
まっとう過ぎる奴はご免だネ。

そうじゃなくて、誰かのように、少し斜めに傾いて、逸れているのがいいんですサ。

少しひねくれているのがネ。

それに、夜会ときたら、何もかもがあけすけで、喧しくて、腹の探り合いもできやしない。

明るいところだからといって、真実があるとは限らない。


先生　（うんざりして）頼むから、しばらく静かにしてくれよ。

（静かにゆっくりと）あちらの部屋の中とはちがうこの庭の、この夜の、この闇の深さを少しは味わうがよい。

閑寂な静かな気分から、わずかではあるが、幸せが感ぜられる。

「薄幸」という言葉があるが、君は、この言葉をどう思うね？

文字どおり、幸せの薄いことをいうが、私はそのことに、これは感性の問題だが、静かな、ごくごく僅かな、寂しい、いとけない幸福感さえ覚えるのだよ。

（落ち着いた声で）おおげさにいうと、私は、人生は不幸でなければならないと思っている。

少なくとも、適度には、そうであるべきだと思っている。

客人　（引き取って）誰だって、何不足なく、無難に過ごせるうちは、そんなことも考えるでしょうヨ。

それよりも、この夜空をごらんなさい。

静かな闇の深さを味わうどころか、何だか雲行きが怪しくなってきましたぜ。

この分じゃ、一雨くるかも知れない。

結構なこの庭園も、そろそろ切り上げた方がよさそうですぜ。


先生　(思いついたように) 庭園といえば、やはり私は、どこかの西欧の国の、荘園の白昼の、それも廃苑がいいナ。

少し傾斜のある丘からは、遥かに向こうまで青みがかって、あたりいちめんの緑の田園が見渡せる。

片方の視野の隅には、アドリア海かどこかの真っ青な海が見える。

その丘のなかほどに、誰だかの屋敷跡がある。


客人　(からかって) どこかの海だなんて。

それにどこかの国の、誰だかの荘園だなんて。

ちっとは、も少し具体的になりませんかね。

先生　(平気な顔をして) 具体的にすぎると、幻想というものは消えてしまうものだ。
さて、西欧式の、古びて少し傾きかけた石の門と、朽ちかけた唐草模様の鉄の扉を過ぎて、しばらくゆくと、すでに枯れきって久しい噴水と、まわりの緑の低い植え込みに囲まれて、こんどはイタリー式の、やや小ぶりな石造りの池泉がある。

木煉瓦を敷き詰めた小路や、敷石道の隅のところどころには、ギリシャ神話の神々の、ゼウスやネプチューンやの逞しい体つきの石像が、そして、ヘラやヴィーナスやの、双の乳房の豊かな女神像がある。

石像のおおかたは、とっくに傷んでしまって、肘の欠けたのや、ひびの入ったものや、首の落ちたのがあるが、深い眼窩をとどめて、そのまま残っているのがある。

その顔の表情が、泣いているようにも、笑っているようにも、怒っているようにも見える。

そして、気のせいか、ときどき植込みのあいだや、小道の角からは、妖精のようなのが、顔をだしては、すぐに消える。

すっかり、彼らの棲家になっているのだね。

建物はことごとく崩れ落ちて形がなく、辛うじて、跡をとどめる石廊の端から望める並木道の先には、背の高く、黒々とした糸杉が見えている。

庭園の全体が、わびしく、寂しく、深い沈黙に支配されて、墓域のように静かだ。

ここにおいてこそ、この環境のなかにおいてこそ、偉大な先人たちの思想、思索に迫随ができようというもの。


客人　（からかい口調がつづく）またぞろ、始まりましたナ。

そんなことは毎晩、家でやっているじゃありませんか。

今や、こんな夜だというのに、たいそうな白昼の夢想ですかい？

空想や夢想やら、憧憬やらが結び付いて、あらぬ理想が捏ね上がるのです。

そして、そのような理想がほんとうにあるかのように思い込むのです。

気をつけるに越したことはありません。

何ならいっそうのこと、どこかの、いつかの楽聖のように、ウィーンかどこかの、森の小路でも散策して見たらどうですネ？

きっと、いい思案が浮かびますゼ。


先生　何もそう歩きまわらなくとも、じっとして、何ごとも静かにしているときの、瞑想のうちなるものがよい。

頭の中で描いているうちが最も美しい。

作りかけの詩文や、描きかけの絵画や、楽譜になる前の音楽のようにナ。

場合によっては犯罪ですらも、頭の中で思い巡らすうちは美しいかも知れないよ。

客人　ついでに私のことも、頭の中でいろいろと、思い巡らして下さいよ。

今までよりも、ずっと興味がわいてきますぜ。

先生　次は、ところをかえて、昔の京都か奈良の、古都の外れにある廃屋だ。

客人　おやおや、まだ続くんですかい。

この分じゃ、夜中になってしまいますよ。

先生　（意に介さずに）壊れかけた木戸の向こうに、荒れた柴垣と草庭に囲まれて、一軒の、小さな古びた苫屋がある。

おもての門田の稲穂を渡って吹きくる風からして、頃合いはまさに秋のたけなわ。

聞こえてくるのは、昼間の草間にわびしく鳴きやまぬ、ほそき虫の音のみ。

あたりはまるで、身が透くような静けさだ。

客人　静かだといっても、私には夜会の部屋の方から、ピアノの音やら笑い声が、喧しく聞こえてきますぜ。

先生　私は、そこの縁先に座って、心には、いっさい何も思わずに、ただただ静かに瞑想するのみ。

客人　そのうちに、眠り込んだりしませんか？

先生　瞑想的惰眠、それもまたよし。

ここのところの、妙趣は、君などの者には分かるまい？

客人　荒れた草庭などのたたずまいは、どこやらのものが連想されて鮮やかですが、稲穂を渡りくる風からは、私にはぎょうさんな、青臭いイナゴの香りがしてきますぜ。それに、あなたがそやって、秋の日の縁先に座っている図なんぞは、まるで、一羽の黒いカラスか何かが、舞い降りて休んでいるかのようだ。

先生　（心もち気分をかえて）今宵はもう夏も終わりで、疲れたような、夕暮れのこの庭の気分もよいが、私には何といっても、春から初夏にかけての、宵闇のころがいちばんいいね。

客人　次には、どんなのが出てきます？　またもや、どこかの何かが、古びてこわれてやしませんか？

先生　あたりはしっとりと潤んで、穏やかな朧月夜だ。手もとの暗がりも、庭の面にも、まわりの森や林の青闇が匂うようで、何もかもが、優しく、柔らかく包んでくれる。辺りに、ロマンティックな雰囲気がただよいはじめて、何とはなしに、ほのかに甘やかな憂愁を覚えて、哀しいもの思いに沈んでしまう。そのうちに、まわりが宵から夜の暗闇に移りゆくころ、林の奥では、夜鷹がはげしく啼きはじめる。

（しんみりと）まことに、夜鷹という鳥は、夜更けて独り、黒い影になって、漆黒の闇の空を、声もなく、羽音なく翻り飛びながら、切り落とすように、降下しては、翻りして飛ぶ。

また、それの鳴き声が不思議なもので、少し離れた、林の奥の暗い茂みで啼く声は、やや宙に浮かんでいるようで、そうかと思うと、くぐもった声のときは、地表に近く、というよりも、黄泉の地下の方角で啼いているようにも思える。

そしてまた、ほんの近くで啼くときは、まるで、硬い木や岩でも叩くかのように、烈しく、甲高く、血を吐くようだ。

こころに憂いをもって、悲しむ者には、ことさらに悲痛に聞こえる。


先生、座り直しながら、ふいに思いついたふうに。

そのあと、感傷的になりながら。

先生　そうだ、夜鷹といえば、ずいぶん以前に観た舞台のロシアのバレエにネ、悪魔のロットバルト、というのがあったナ。
それが、夜鷹めいた黒いまだら模様の翼をもっていてね、いつも舞台の奥の方に、ひそむように黒々といて、離れたところから娘の黒鳥のオディールを操るのサ。

ときどき、翻って飛んだり、後ろから支えたりしてね。

大きく広げた羽根のあいだから垣間見える顔付きは、青白くて恐ろしくもあり、悲しげで、いくぶん、悩める者の顔のようにも見える。

そして舞台の最後には、善玉の白ずくめの王子に、片方の翼をもぎ取られて、その痛みに耐えかねて、舞台の上を転げまわりながら、悶えて、苦しんで、息絶えるのだが、
その姿に、私は心が痛んでならなかった。

（間）なぜって、いつも絶えず日陰にいて、孤独で、黒々と悩むものには、同情すべきではないかね？

懊悩することは、貴いことだ。

敬意を表すべきだ。


客人　（珍しく真面目なふうで）泣かせるような話をするじゃありませんか。

何だか今夜はあなたが、ずいぶん近しいお人のように、思えてなりませんぜ。

それとも、何ですかな？

夜会の皆のところから、外れてきたために、急に独りでいるのが寂しくなって、すっかり、おセンチになりましたかな？

それなれば、これからもいま少し、親身になって面倒を見てあげますよ。

―幕―

第三幕

第一場

ふたたび、夜会の広間、粗末なにわかづくりの舞台が作られて、すでに、演劇が始まっている。

先生と客人登場。

客人　あなたが、外でぐずついているあいだに、ホラ、芝居がすでに始まっているじゃありませんか。もうだいぶ進んでいますよ。

先生　べつに見たいとも思わないがね。

客人　まあ、そんなことといわないで、ご覧なさいよ。私が、前もって座長の役者に入れ知恵をして、シナリオをいじくったんです。したがって、本来のものではありません。

あるいは、改ざんしたというべきかな。

バイロン的なものを混ぜて見ました。

そのために少しロマンチックなものに、仕上がっています。

「ハムレット異聞」というやつです。

もちろん、原作にかなうものではありませんが、ちょっとばかり、見ものですよ。

文字通りの正真正銘の、戯曲というわけです。


先生　（気乗りしないようすで）それを聞いて、ますます嫌になってきたよ。

改ざんや二番煎じは、かならず原作より劣るものだ。

そんなことは、するものじゃない。

原作に敬意を表さなければならない。

そのような、出来損ないのものを、舞台に乗せるのはよくないよ。

それに、いったん舞台に乗せたり、視覚化したものは、自分が想像していたものより、ずっと下等のものになりかねぬ。

つまり、いらざる脚色や、俳優の技量や、性格や台詞のいいまわし方や、抑揚の付け方や、舞台の書割りなどからまるで思いもしない、別のものになり果ててしまう。

そうでなくとも、思想や警句といったものを、ひとたび口に出してしまうと、ときとして、ずいぶん馬鹿げたもののように感ぜられることがあるものだ。

客人　（愉快に）そこまで理解してもらっておけば、じゅうぶんですよ。司会の者が、いっていたようにめったに見られない代物ですよ、とにかく見ものですよ。それを、先生が見ないという手はない

先生　それほどにいうなら仕方がない、気乗りがしないが、少しだけ辛抱するか。途中に気が変わったら出てゆくよ。

客人　結構ですとも、ええ、ええ、見ものですよ。それに、視覚化や映像化をしないと、理解してもらえませんよ。大衆は、そんなものですよ。何なら、あなたのそのひねくれた頭で、修正するなり、皮肉ったりして補って下さい。ただし、声に出してはいけませんよ。

第二場

舞台の上にわずかばかりの、書き割りがセットされて、城内の一室らしくし

つらえてある。

すでに劇の冒頭の部分はすぎている。


ハムレットとホレーシオが登場。


ホレーシオ　お呼びでしたか、殿下。

ハムレット　（手を取って迎えながら）おお、きてくれたかホレーシオ。

お願いだから、「殿下」はよしてくれ。

おたがいに学友同士ではないか。

ほかでもないが、君も知ってのとおり、城の胸壁のところで父上の亡霊に出合ってから、もう何ヶ月になる？

あれ以来、おれの目と耳に、変わり果てられた父上の姿とあの声が、まつわりついてはなれないのだ。

あのときの、甲冑の顔当てを上げて、俯いて話かけられる、悲しげな、暗い顔と、くぐもったとぎれとぎれな声音がね。

ホレーシオ　私も、おなじく今もって、あのときの先王のお姿が、目に焼き付いてはなれません。

ハムレット　（かたわらの椅子を指しながら）やはり君もそうだったか。いつも変わらぬ君の友情と、謙虚で思慮深く、優しくて正直な、君のそばにいると、おれの心は慰められ、癒やされる思いがする。

ホレーシオ　お言葉、いたみいります。

ハムレット　さっそくだが、君にだけに話しておきたいことがある。（間）あのような悪事が行われたというのに、今までにおれがしてきたことといえば、あいも変わらぬ、優柔不断、引っ込み思案、無気力のままで、まるで腑抜けどうようのありさまだ。

ホレーシオ　（優しく）そのように気に病むことは、およしなさい。何ごとにつけて、用心深く焦らずに慎重に対処されるのも、あなたの知性がなせるわざというもの。いざというときの勇気は、じゅうぶんに持ち合わせておられます。

ハムレット　（思い込むふうに）おれは、優柔不断の意気地なしの、薄志弱行の男だ。いつも言葉、ことば、おれは、言葉だけの男だ。ところがそのくせ、おれは実をいうと、言葉というものを、まるで信じていないのだ。

今一度いうが、おれは、言葉を信じないのだ。

あいにくだが、たとえば、今の君の目が語りかけているような、優しく控えめな、素直な目付きが語りかけている言葉さえ、信じられなくなるのだ。

何ならいうが、まだ満足に言葉を知らない、一つ二つの幼児たちが、しげしげと、驚きに満ちた眼差しで、あたりのものごとをあれこれと眺めては、何やらさかんに思い巡らせているときのような、そのような、原初的ないじらしい目が、語りかけようとしている、その言葉を信じないのだ。

（相手の顔を見つめながら）ところがどうだろう。

どうかすると、それとほとんど同時に、あの嘘つきのいまいましい、商人どもが、吹っかける商品の値段や、やくざな酔っ払いどもが、しばしば開陳におよぶ、たいそうな懺悔話を、その嘘っぱちのままに信じてしまうのだ。

そのうえ、できることなら、どこかの教会の坊さんたちが話す、有難い説教なるものを、そのまま丸ごと信じたいのだ。

（間）ところで、いきなり君にたずねるが、いったい、理想や、空想といったものは、言葉を信じることでは、ないだろうか？

ホレーシオ　（静かな口調）達観をして、すでにあるところの高みに立つ人の心には、もはやどのような思想や想像も言葉だけで、じゅうぶんではないだろうか？

その感受性は、もうそれだけで、普通の世の中の凡人たちが、感ずるより以上に、多くのことを感得しうるのです。


ハムレット　ところが、父上の件については、言葉の上だけで済ませることではない。

恨みや呪いの言葉が何の役に立とう。

先日来おれの中に、二匹の黒い生き物が棲みついて、片方がこうだというと、別の方がそうではないという。

そのくせ、おれが転んで、暗がりへ落ちてゆくことには賛成なのだ。

どうやら、おれを追い込む方法だけが、ちとちがうらしい。

悪玉が善玉に入り替わり、善美なものが退けられて、醜悪なものが、もてはやされる世の中だ。

何が真実か分かったものか。

（相手の顔を見つめ直して）それはともかく、今日以降、おれがしでかす突飛な行動や、気がふれたような言動などを、君の胸三寸におさめて、構わぬ振りを装ってくれないか。

たとえ、母上と顔を合わすことがあっても、犬がよくやるように横に向いて、欠伸でもするようにして無視してやるのだ。

ホレーシオ　承知しました、ぞんぶんになさいませ。

ホレーシオ退場。

書割りの一部が変わり、城内の廊下の一角とおぼしきところ。

ハムレットとレアティーズが行き合わせる。

レアティーズ　これは、おひさしぶりです殿下、お変わりございませんか。

ハムレット　これはこれは、レアティーズ。

（気軽に）ひさかたの雲のごとくに、遠く離れていたが、ひさしぶりだな。

レアティーズ　これから直ぐに、勉学のためにフランスへ旅立つところです。

ご挨拶にもと思っていたところです。

ハムレット　（明るく陽気に）ふむ、フランスへ勉学とな。

それは、それは。よき心掛け。

遊学をして、きっと、父上殿に勝るとも劣らぬ知恵者になろうこと、もはや疑いなしだ。

フランスではせいぜい勉学や、あるいはその他のことにも励むがいいサ。

そうだ。あちらではぜひとも、修辞学を修めることだ。

そうすれば、お世辞や詭弁やダジャレでもって、父上を凌駕できようし、言葉の修飾の技をもって、色事にも磨きがかかろうというもの。

そしてそれを美学にまで仕上げるのだ。

遊蕩やデカダンも、高踏で、高邁な精神でもって行うにおいてこそ、意味があろうというもの。

また、許されることでもある。

ぞんぶんに楽しんでくるがいいサ。

レアティーズ　（真面目に）ところで、いつぞや人づてに、聞いた話について、出立のまえに、ぜひ、ひと言お伺いしたいのですが、これは殿下のご意見ですか？
あらゆる悪や犯罪は、すべて意識的におこなわれるべきであるとかいうのは？

ハムレット　（同じく調子を合わせて、真面目に）そうです、意識こそがすべてです、いっさいです。

善行においても、悪行においても。

およそ、無意識のうちに、為されていた善行なんかに意味がありますか？

何も知らない、あとで気がついてみたら、徳があふれ出るほどの行為であったという？

ましてや、無意識のうちの悪行をやです。こんなに質の悪いおこないはない。

今一度いうが、意識こそがすべてです。

およそ、意識的ならざる、すべての善悪の行為に意味なしです。

ところが、誓ってもよいが、敢えて承知で、意識的に確信を持ちながら、それでも犯罪をおかすような人間は、それこそ決まって、もうまちがいなく、本物の悪党だ。

悪の元凶だ。

そのような悪事が、この城内で、おこなわれないように願うばかりだ。

（もとの陽気さに戻りながら）放蕩に明け暮れしているうちは、大した悪さもできなかろうよ。

あちらでは気安くおおいに羽を伸ばして、ぞんぶんに活躍したまえ。

（真面目に）もうこのへんでよかろう、そろそろお別れの挨拶といこうじゃないか？

気をつけて、出立をしたまえ、ご機嫌よう。

遊蕩とデカダンに栄えあれだ。

レアティーズ　お手間をおかけしました。
それでは、殿下には、どうぞご機嫌うるわしく。

テラスへ出て、ハムレットが本を読んでいる。
偶然に来合わせたように、ポローニアスが近づく。

ポローニアス　殿下、ご機嫌はいかがです？

ハムレット　ご機嫌斜めというところだ。（傍白　こんどは、親爺のばんか）誰かのせいでな。

ポローニアス　私が誰だか、お分かりになりませんか？

ハムレット　（無愛想に）ご機嫌を斜めにしたヤツだ。あるいは、物もらいだろう。

ポローニアス　いえいえ、とんでもありません。

ハムレット　そうかね。
ではせめて、物もらいぐらいに、謙虚で素直であってほしいな。
それとも、道化かな？
道化者のように、悲しみを知るがよい。

ポローニアス　私を道化者と？

ハムレット　（気分を直しながら、あとはすらすらと）道化の仮面の裏でアカンベェ。

仮面の裏で裏切り、策謀。
仮面を脱ぐときは、舞台を降りるときだ。
そろそろ潮時ではないのかね？

ポローニアス　お顔の色がすぐれませんが？
どこかお具合でもお悪いのでは？
どこか痛むところはございませんか？

ハムレット　痛むのは、この胸この心。いや、心はここにあるのだな（頭を指さして）
悪いのは、このナズキ、このド頭。

ポローニアス　国王も心配しておいでです。
医者にいちど、みてもらってはいかがです？

ハムレット　医者、藪医者、医者坊主。
薬師にかかって、毒でも盛られたらたいへんだ。

ポローニアス　誰にですと？

ハムレット　医者にだよ、他に誰がいる？
毒気、毒舌、毒ある言葉、気の毒であったナ。

ポローニアス　本をお読みでしたか、何をお読みで？

ハムレット　題目など知るものか。

初めは飛ばして、中程は省略、終わりには目をつぶる。

ポローニアス　それでは、まるで読まないのと、おなじではありませんか。

ハムレット　読むと知るとは大ちがい、聞くと見るとは大ちがい、月とすっぽん、クジラとイワシ、イワシの頭も信心からというわけだ。

どうだね、朝晩のお祈りを忘れてはおるまいかな？

黄金色の丸っこいものばかりを、拝むんじゃないよ。

ポローニアス　（少し離れて、聞こえぬように）うむ、油断のならないこともいうが、すらすらと言葉だけが上滑りして、さほど意味があるとも思えぬ。毒を盛られるなどと、被害妄想のように。やはり、少しおかしいかな？　しばらくようすを見てみよう。

（近寄って）では、私は、いささか所用がございますので、今日はこれにて失礼いたします。

殿下には、何ぶんにもご機嫌よろしゅう。

ハムレット　何ぶんにもご貴殿にもな。

（普通に）今日の世の中は、誰かの悪によって、成っているのだろうよ。

それでは、またな。

（離れながら）古タヌキめ、探りを入れおったな。

ふん、満ち足りた偽善者め。

バカなのは貴様なのに、不可解なのはそのために、おれが迷惑を蒙ることだ。


テラスにつづく部屋の中に、ハムレットひとり。

腕を組んだり、手を口元に持ってきたり、歩きまわったり、立ち止まったりして考え事をしているふう。


ハムレット　やるべきか、耐え忍ぶべきか、それが問題だ。

事をすすめて、いっきに父上の、かたきを討って無念を晴らすか、そして、不埒な母親の泣きっ面を見てやるか。

あるいは、このまま神経質に、いつまでもうじうじと、自意識を捏ねまわしたままで、
忍従して耐えるのか。

なぜ耐え忍ぶのだ？

そんなふうに、おのれを抱きしめてみても始まるまい？

自分に泣きついてどうする？

ホレーシオがおれにいう、持ち前の知性と、勇気とやらは、どこへ失せ果てた？

（深く物を思うふうに）おれは、神経質を知性の本義であると見ている。

細かく、神経質に気を配って、しかも悩まないという、そんな芸当ができないものか。

そのうえ、おれは、いやらしい懐疑家だ。

おれのような、自意識過剰な、神経質な小者は、どうしても、懐疑家にならざるをえないのだ。

誰にも分かってはもらえまい？この神経質というものが。

この神経質の意識が、まるでマムシのように、おれの心に噛みつき、毒虫のようにこの身を刺す。

ほんとうにおれは、何ということをしてしまったのだろう。

われとわが身を、滅ぼしてしまった。

わが身を、意識の病にかけてしまった。

（間）またおれは、劣等感をもたないほど、それほどに無神経ではない。

才力において、容貌において、体力において、世の中の、あらゆる生活権において、劣等感をもつ。

一国の王子がなんだ。

ひとたび王子の身分を外されて、普通の世の中に、放り出されて見ろ。満足にこの一身を養えるか？

叔父のやつに、むざむざ父上を殺させてしまったではないか。

甘く見られたか？

よけいな感受性が、このいまわしい劣等感を捏ね上げるのか？

劣等感は、優しくすぐれた繊細な感受性を有することの証しであろうが。

レアティーズのような輩が、うらやましい。

父親ゆずりの俗物だ。

やつめ、およそ、独りで悩むことも、独りであれこれ疑うことも知るまい？

（口調をかえて）この際、あえていう。

孤独でないのは、甚だしく不道徳である。

あえて、またいう。

孤独よりも、惨めなんだ。惨めで卑屈なんだ。

そのために孤独になるのだ。

孤独で惨めな弱者、このようなおれは、怒りのときですら惨めだ。

強者たちは、えてして、赦免を乞うときでさえ、傲慢不遜にふるまうが、それにひきかえ、おれは、怒りのときでさえ惨めだ。
怒りうる人間は、単純な愚か者に思えてならぬ。
そのような者など、糞くらえだ。
腑に落ちぬのは、相手が加害者であるのに、こちらの気が引けるということだ。

思いがけなく、オフィーリアが部屋に入ってくる。
そして驚いたようすで。

オフィーリア　まあ、ハムレットさま。
こんなところにいらしって、どなたかと、思いましたわ。
ハムレット　（真面目なふうで）どなた、どのかた、なにびと、なにやつ、たそがれの、だれそれの、そのうちのひとり、というものです。
オフィーリア　まあ、ご冗談ばかり。
ハムレット　（冗談とも、真面目ともつかぬふうに）冗談から泣きが出る。冗談から駒、嘘から出たまこと、冗談がほんま、冗談にもほどがある。
（間）オフィーリア、かつておれたちのあいだには、愛があったな？

おたがいに、いじらしい幼い頃があったナ。
冬の寒い夜の部屋では、暖かい暖炉のそばで絵本を読み合い、それに飽きると折り紙
あそびだ、言葉の尻取りあそびだ。
綾取りの相手を、せがまれたこともあったよ。
そして、温かなそよ風が吹く春ともなれば、例の小川のほとりの草丘で、君は、タン
ポポやクローバーを摘んで花輪を作り、おれは、おれで川遊びに、余念がなかった。

オフィーリア　（弱々しく）ほんとうに優しくしていただきました。
それなのに、近ごろのハムレットさまのなさりよう。
わたくしにはどうしても、合点がまいりません。
口惜しくて、気が滅入りそうで、哀しくてなりません。

ハムレット　赦してくれ、気が変わったのだ。
（顔をみつめながら）オフィーリア、おまえは美しいか？
移れば変わる世の習い、美しいも皮一重、女心と秋の空、いや、男心というべきだな。
今やおれにとっては、人を愛する気持ちとは、純粋に抽象上の観念にすぎない。
愛についての、小説や、歌謡や、詩文や評論など、すべてが嘘っぽく思えてならぬ。
いかにつつましく、情愛にみちあふれた夫婦愛でさえ、おれには恐怖に思える。

おたがいを勘定に入れ合って、いつも幸、不幸を確かめて見るなんて、おれは、耐えきれぬ恐怖をおぼえる。

結婚して、子供でもできれば、血が薄れる、孫ともなれば、もっと薄れる。

大局的に人生を見れば、青春や愛などというものは、ただただ、裏切られるためにあることが分かる。

人生は、松の実を、かじるように渋い。

（やや、ふざけるように）オフィーリア、おまえも、おれもまだ若い。

しかし、それも二十五歳までだ。

二十五歳までは、何もかもが、悩みも、悪も、貧困ですらが、美しい。

いまわしい悪魔でさえもが、美しく見えるという。

彼のもの思わしげな顔も、皮肉面も、冷笑的な表情も、何ほどか憂い顔の騎士のように、美しく見えるかも知れぬ。

そのような若い悪魔に、気をつけることだな。

オフィーリア　（切なく哀しそうに）ああ、ハムレットさまは、どうして、そのように変わってしまわれたの？

ハムレット、意地悪く。

ハムレット　オフィーリア、野良へゆけ。
そこには、春の明るい昼間の太陽のひかりと、畑のかぐわしい土の匂いがある。
そこで、朝から夕暮れまで、額に汗して働くのだ。
そうすれば、うっとうしい鬱も晴れようというもの。
そこで、地元の村の元気で陽気な、若者と所帯をもって、五人か六人ほどの赤ん坊を
生み育てて、まるまっちい健康な農婦になるがよい。
そこでは、聖書の詩編にあるように、涙とともに種まくものは、よろこびとともに、
刈り取ることができよう。
いうまでもなく、毎日の朝晩の祈りを忘れてはならぬ。
そして日曜日には、欠かさずに家族そろって教会にお参りするのだ。
さすれば、神さまの覚えもめでたしというもの。
女の愁い顔など見たくもない。

急に夜会の部屋の中がさわがしくなる。

観衆の声　何だかこのハムレット、変だぞ。
われわれのハムレットと、まるで違うじゃないか。
どうして、オフィーリアが野良へなどへゆくんだ。
客人の声　（まわりをなだめるように）どうせ旅の劇団が座興でやること、
もう少しがまんして観てみようじゃないか。

オフィーリアの立ち去ったあと、自分の部屋でハムレットひとり、思いに沈みこむ。昼ながら薄暗い部屋の中に、燈火がひとつ灯っている。


ハムレット　宿痾のように、身にまつわりついて、離れぬ憂愁よ。

まるで、物の怪でも怖れるように、女々しく燈火に寄り添うようなまねをするのは、どういうことだ。

このようにじっとばかりしていて、心は晩秋の蜘蛛のようにひもじい。

自分で自分の両手を縛るようなマネをしておいて、これからいったいどんな戦に出かけるつもりだ。

現実のうつしみのこの世の中は、戦争の悲惨や、飢餓の不幸や疫病の蔓延とやらで、不条理の不幸にみちみちているではないか。

おれはこのような、納得のゆかぬ状況は耐えがたい。

どういうわけか、これらの不幸や惨状を思うとき、しばしば自分を責めてしまうのだ。赤の他人の不幸を見ては、直ちに自分自身を、責めてしまうほどの、いつわらぬ正直な感情が湧いてくる。

誓ってもよいが、断じて詭弁を弄しているのではない。

これは、長の年月のあいだにわが身にしみ込んだシミそのものだ。

あるいは、心の痣というべきか。

けっして、見栄を張っているのでも、誇張でも、机上で思う願望でもない。

それどころか、掛け値なしに、純粋に、おれの感情からほとばしり出る声であり、いつわらぬおれ自身の自然な性とでもいうべきものだ。

場面が変わり、幾日か過ぎたのちのハムレットの部屋の中。

ハムレット、ふとそばにある机の上から一冊の本を取り上げて、あるページを声を出して読む。

ハムレット　「ひとりの男ありけるに、ある日その男、その妻子を捨てて山野に入りぬ。ひとり、詩歌の風趣に住まんがためなり。

ここにおいて、世の中の人びと、世捨て人が人を捨てしとぞ誹りたり。

若きひとりの男のありて、いと俊才なれば、大なる宇宙の謎の深きに向かい、人の知恵の到底およばざるを嘆きて、みずからの身を処せしなり。

ここにおいて、世の中の人びと、みずからの考えに溺れて、おのが身を粗末にせしといいいて誹りたり。

ひとりの男ありけるに、その語る言葉は直く、知恵多くして、心のくらい高ければ、ここに、天がしたの愚劣と醜悪を怒りて、これを撃ちたれば、そは世のうちにかえって、大いなる罪、大いなる悪とされて、ここにおいて、彼、悪の子とされぬ。

その由は、うつせみの世の大衆あまねくに、ただに、彼の高踏と美学を解せざるによる……」

（本を伏せて、目をつむり）ふむ、美学か。

おれの美学はなんだ？

おれの美意識は、詠嘆だ。抒情だ。

行為よりも先に、まずもって詠嘆してしまうのだ。

たとえば、おれは、悲しむときも、怒るときにも、それを鑑賞しながら、詩文を作ろうなどと考えてしまう。

人は、しばしば完成された言葉で、自分を語ろうとするものだ。

できるだけ修飾をして、自分の悲劇に磨きをかけて語ろうとするものだ。

美学が必要なのだ、人生の最期の土壇場でさえ。

世の中には、誰かからの、おそらく想いをよせる人からの、一滴の涙を乞わんばかりに、みずからの死を欲する者があると聞く。

われとわが身の哀れを噛みしめて見たいばかりに、感傷の涙でもって、われとわが身を慰めたいばかりに、おのれの死を空想するのだろうが、もちろん愚劣なひねくれた演技癖のなせるしわざだ。

こんなことをしでかす奴の、ゆく先々のよくないことは、分かりきっている。

三文文士の考え出しそうな役柄だ。

哀しくもおれは、文学などによる魂の救済を信じない。

ユダの銀貨を信じている。

突然そこへ、部屋の外の廊下から、オフィーリアの細々とした、歌う声が聞こえて、近づいてくる。


オフィーリア　むかしトウーレに王ありき……むかしトウーレに……。

鷹のように、気高く、凛々しい、私の愛した王のようなお方は、渡り鳥のように、去ってしまったわ。

かわって今は、黒いコウモリのようなのが、まわりを飛びまわるの。

むかしトウーレに王ありき……。

ちがうわ、チウレの国よ。

北の果てにある仄暗い郷よ。

むかし、チウレに……やっぱり、ちがうわ。エーリュシオンの国よ。

エーリュシオンの野は、遠い遠い果てにある海辺の国よ。

そこには、幸せが、住んでいるの。

羽根のある、半透明の小さな妖精よ。


オフィーリア、細々とした声で歌いながら廊下をとおる。

そのかみの　愛しき君は
あしびきの　やまのかなたに
ゆきましぬ

そのかみに　わたしを愛でし
父さまは　真暗き黄泉に
入りましぬ

そのかみに　丘の草野に
花の輪を　ささげし人は
誰やらむ

そのかみの　垣根のそばに
乳母さまと　いっしょに
かぞえた　てまり唄

そのかみの　夢のお国の
嬢さまは　可愛い七つの
うないがみ

オフィーリア、か細く歌いながら遠ざかる。

ハムレット　（感情をおもてに出して）可哀想なことを、してしまった。
オフィーリア、気がふれてしまったか。
背負いきれない、重荷を背負わせてしまった。
赦してくれ、オフィーリア。
（間）いや、赦さずともよい。
おれを、ぞんぶんに、恨むがよい、憎むがよい。
おれを、かたきと思うがよい。

少なからず高揚したようすで。

父上の亡霊が語りかけたこと。

おれが旅の役者たちに仕組んでやらせた芝居に、クローディアス、きさまが見せた狼狽えようからして、きさまが、庭で午睡にまどろむ父上の耳に、猛毒を注ぎ込んで殺したことは、もはや明白で隠しおおせぬぞ。

今に見ておれ、かならず復讐してやるからな。

そのために、たとえ親族殺しのきびしい神の裁きがあろうとも、恐ろしい復讐の女神エリーニュースが取り付こうともかまわぬ。

ローゼンクランツに、ギルデンスターンのやつめ。

手もなく丸め込まれたな。

幼馴染とはいいながら、昔から信用のおけぬ輩だ。

キツネとして生まれ落ちたものは、大きく育っても変わらずに、キツネのままだ。

けっして、正直で忠実な飼い犬に変わることはない。

お喋りのカササギどもめ、おれを監視して、いったい何を告げ口するつもりだ。

クローディアスめ、おれを、イギリスへ追いやろうとしたな。

このうえ、陰険にまた何を企んでいるか、知れやしない。

クローディアスよ。

きさまはけっして、強者のタイプではない。

いつも小賢しく権謀術数を用いて、物陰でこそこそと、ことを図る子ネズミのサマだ。

もう一匹のネズミは、カーテンの陰に隠れているところを、先日おれが、退治してやったがな。

クローディアスよ。稀代の悪党よ。忌まわしいまむしの裔め。

クローディアスよ。いずれ、ヘラクレスのように堂々と勝負をつけてやるからな。

レアティーズは、けっしておれを、赦すまい。

事情を説明して赦しを乞うか、いやいや、そのような筋合いはないぞ。

かまうものか。

低俗の和解よりも、高踏の不和のほうがよい。

だんだんと、気が高ぶってきたぞ。

おれのこれまでの、思想、空想、瞑想のうちなる憂いの言葉、気弱な言葉、芝居じみた言葉よ、ただちに、みんなみんな、滅びて消え失せるがよい。

ああ、気分が高じてきて、変になりそうだ。

さらに、高揚した声で。


まったく、摂理とやらは、善人も悪人も、おなじ坩堝に押し込んで、いったい何を煉りあげるつもりだ。

おれはこの世の摂理と、その面構えが気に食わぬ。

善悪混淆、清濁併呑。

道理、不条理の何という、不可解なこれの世の、何という、ごった煮の均衡だ。

何という、多色塗りの心理の泥沼だ。

何という、感激の皮肉だ。

何という、憂いの喜劇だ。

何という、繊細の奔流だ。

何という、地獄の救済だ。

何という、現実そのままの夢幻だろう。

何という、忿怒の悲しいすすり泣きだ。

何という、お笑いのなかの鬼気だ。

何という、崇高な悪魔のちくしょうだ。

まわりが、いっせいに騒がしくなる。

観衆の声々　なんだ、このざまは、似ても似つかぬ代物だ。
もう、辛抱できん。

観衆の騒ぎがだんだん大きくなり、収拾がつかなくなる。

屋敷の外に、突然の、にわか雨と大風。
雷が落ちて、建物、部屋全体が、揺れ動き、灯が消える。
観衆の悲鳴、絶叫。
そのとき、舞台のうえに、雷鳴の光に一瞬、照らし出されて、何やら、人にはあらぬ、異様な真っ黒なものの影が現れて、観衆を威嚇するようなしぐさをして、消え去る。

—幕—

第四幕

第一場

先生の屋敷の部屋。客人から姿を変えたメフィストフェレスが入ってきて、先生と対坐する。

メフィストフェレスは、相変わらずに貧相な、背広姿であるが、顔つきなど、それなりの変化をしめす。

先生　（冷やかし半分に）昨夜はついに、正体を現したね。メフィスト君？

今どき、君のようなのが存在しているとは驚きだネ。

メフィスト　これはこれは、懐かしい名前を聞くものですナ。

先生　君のような異形のものを、他に呼びようがないじゃないか。

メフィスト　これで私も、はれて先祖代々からの一族のうちの、ひとりというわけです。ありがたいことです。

先生　それで、先生のことはこれから、何とお呼びすればよいのでしょうかね？

メフィスト　そんなことはどうでもよい。私は、わたしだ。変わりようがあるものか。

先生　（冷やかし気味に）私には、何だか先生のお人柄が以前にまして、いっそう古典的な要素が明らかなように思われますがね。

メフィスト　他人のことがいえた義理か。

仮に君がメフィストフェレスとしても、いや、きっとそうにちがいないだろうが、いったいどうして、私のような者のところへきたのだね？

先生　他の誰かでもよかったのですが、私と身丈が合うお方のところへと思ってね。なに、これは観念的な観点からの話ですがね。

それに、客観的に考えてみて、おたがいに時代錯誤的なところもね。

どうです？先生は、私にそっくりで、私は、先生にそっくりだとお思いになりませんか？

メフィスト　何がそっくりなものか。迷惑至極だ。

それに、昨夜のハムレットでは、とんだしろものを観せられたものだ。

バイロンどころか、まるで何やかやが入り混ざったごった煮の、わけの分からぬしろものだ。

後半の部分など、嫌みと醜悪ささえ感ぜられてならなかったよ。

それにまた、今夜はイヤに気取った歩き方をして、入ってきたじゃないか。


メフィスト　（陽気に）あの演劇には、座長とも相談をしながら思い切って、もうひとりのあなたを反映させてみました。

それであのような、ごった煮のものになってしまったのです。

それに、気取った歩き方とおっしゃったが、めでたくあらたに認知をうけて、あたらしくお目見えの場面ですから、形をつけないといけません。

私はこれでも、おとぎの国の王子さまのつもりかも知れませんよ。

そのかわり、さしあたりあなたは、憂い顔の騎士といったところですかね。

まるで、サンチョ・パンサまがいの、うってつけの従者が納屋にいるじゃありませんか。

太郎次のヤツ、私の前では、イヤに気取って、うろつきやがりますぜ。

ヤツを、何とかして下さいよ。

先生　何なら、ヤツを呼んでみようか？

君から用事があるといってね。

メフィスト　こんな場面で私の名前を持ち出すなんて、それじゃあ私までが滑稽じみて見えてくるじゃありませんか。よして下さいよ。

先生　ははあ、そうかね。それじゃあ戻るが、君はけっして、おとぎの国の王子か何かでなくて、妖しの国の怪のものじゃないか。

メフィスト　（つづけて陽気に）私をそのように呼ぼうと、何と呼ぼうと、すでにご承知の者です。あなたがいつも気にしておられる、どこやらの世界の秩序とは、ちがう世界に住むものです。私を普遍的な存在と、認識していただければ、あなた方の隣人、ご近所の者。あなたとも、おおぜいの皆さん方とも、しょっちゅうお会いしてますよ。

先生　普遍的なものは、およそ愚劣なものだ。仮に、君がどこからか、くるものとして、やはり、遠い宇宙の果てのようなところから、飛行して、やってきたのだろうか？

メフィスト　（ふたたび陽気に）飛来してなんて。今どきそんな、古臭い概念は捨てましょうや。どこからか飛んでくるのでもなく、暗い地の底から這い出るのでもなく、抽象的思考や想念と同じく、たとえば、あなたが何がしかを、考えようとすると、直ぐともうその場に存在するのです。きているのです。直ぐに、取り付きますよ。

先生　抽象的となれば、君なんぞは、しょせんのこの部屋の夜の産物そのものだ。曖昧なものが明るい光に会うと、急に消え失せてなくなるように、君などは部屋の灯りをともすと、慌てて暗い扉の裏へ逃げ失せるヤモリのようなしろものだ。

メフィスト　（普通に）私をヤモリあつかいにするのは、よしましょうや。神格とまではいいませんが、これでも天使の端くれだったものの裔ですよ。遠い昔に、遠い先祖たちが、反逆を起こして、天使ミカエル達によって、天国から追い落とされた者の末裔ですよ。私のＤＮＡは、いまでも天使とそっくりなんだけど、ただ、性格に関係する部分がちがう。

先生　やっと出自を白状したようだがね、どうも末裔とやらいうものはいけませんな。

およそ、その先祖や親を凌ぐことができない。衰亡の一途でね。

メフィスト　なに、普通の庶民や、芸術家や、政治家や、資産家やにしたところで、同じですよ。

先生　その昔、天軍に反旗をひるがえして、天上から奈落へ追い落とされた者にも、どこか、高尚なところがあったと思うが、その末裔ときたらどうもね。昔の悪霊には、どこか品格があった。

メフィスト　どうも、恐れ入ります。サタンのように黒く輝き、ルシファーのように深く傷ついているというほどの、大物ではない小者です。しかしながら私のことなら、ご心配なく。先生とちがって、小者ながら、あれこれと働いてますよ。

先生　君は、自分の血筋のことを、誇らしげに口にしているようだがね、その種の辞典によると、君の輩の、ベルゼブブというのは蝿の姿をしているよ。どうやら、君たちの世界にも序列があるらしいね。君のいう出自を尊重して、貴族あつかいをしてみてもせいぜい「男爵」といったところだ。

爵位でいうと君は最下位というわけだ。

先生、しばらく所在なさそうにあたりを見まわしていたが、ふいに、感じいったふうに、書棚を指して。

先生　そうだ、本といえば、この部屋の、この古びた書籍の匂い、古びた思想の匂いの香しさはどうだ。

メフィスト　（皮肉たっぷりに）そう、あなたにとって、古びた失恋のようにね。しかしこの方は、鼻どころではなく、胸の方にツンときますナ。なかなか感性に富んだ、趣味性の豊かな感覚をおもちですナ。なに、私にだって美学の感覚はありますよ。美学は精神の高踏さを示すものです。そうは思いませんか。私は、ベルゼブブなんかとちがって、かつてダンテからも、美青年といわれた者の裔ですよ。

先生　（嘆息して）本には、思想と神秘と、そして憂愁がある。

メフィスト　模範とすべき失恋がある。
そして悲嘆と絶望と、それに耽溺と自滅がありますね。
先生　加えて、寂寥、荘厳、玄妙、法悦、懊悩がある。
（ややたかぶって）詩にあっては、悪さえも高踏たりうる。
メフィスト　（からかいながら）あなたのような、古色蒼然たる人は、いっそうのこと、どこかの古書店の本棚の隅へでも、お帰りになるとよい。
そこで、散り積もる埃の香しい薫りでも嗅いでいなさるがよい。
きっと静かで、えもいわれぬ安らぎがありますぜ。
先生　お言葉を返すようだがね、たったいま君は、古書店の本棚などを持ち出したが、君こそこの後ろの本棚の、古びた書籍の中から出てきたものかも知れないじゃないか。
メフィスト　私がどこから出てきたものだろうと、いまさら構いやしませんや。
何しろもう認知をしてもらっているわけですからな。
先生　でも君が書物の中から出てきたとして、ずいぶん精彩を欠くものとして現れ出たじゃないか。
メフィスト　でも、思いちがいをしてはいけませんぜ。
あなたは、書物の中の、あの大先生のファウスト博士などとはまるでちがって、私があなたの前にくる気になったのは、奇人変人世捨て人、人間は少しばかり傾いだヤツが面白いと思ったからです。それだけのことですよ。

先生　かってにそのように、からかっているがいいさ。

（聖書を手にして）君は、この本が怖くはないかね？

何なら十字を切って見せようか。それとも、五芒星形の絵を描いてやろうか？

（ふと、思いついたように）知恵の木の実を食べるように、唆すものとして、君の祖先でもある蛇を引き合いに出した旧約は、いわば文学上の傑作だね。

知的で陰険な嫌われものの、蛇の性格をみごとに持ち出したじゃないか。

それが、三千年近くもの昔の話だからね、いや、もうたいした知恵だ。

先生、本棚から一冊を取り出して、ページを開きながら、やや嘆息気味に。

先生　天国は、散文だが、地獄は詩文だ。

黙示録的詩文とでもいうべきかな。

天国は瞑想だけで、すますことができるが、地獄は、避けがたい十万億土からの呪いだ。

地獄図の前では、誰もが、黙ってムッツリと考え込んでしまう。見たまえ。

（書中の写真を指して）この無残に殺された人々のありさまを、この破壊と硝煙と血の海の状況を。

（声を少し荒らげて）この絶望的なさまを何とする？ さあ、君の仲間を糾合して、この絵をもっと凄惨なものにするがよい。

メフィスト　（真面目に）私は仲間など糾合しない。これが史実にもとづいた図とすれば、これこそ間違いなく、あなたたち人間の、しでかした仕業だ。思いちがいをしてもらっては困ります。

先生　君たちが裏で、糸を操っていただろう。

メフィスト　どうして私たちがそんなことをするんです？ まちがいなく、あなたたち人間どもの、仕業だといったじゃありませんか。

先生　ここには、神は存在しないのか？

メフィスト　たとえ神がどこかに存在するとしても、人間のなせることに、いっさい関わることはありますまい。

やや間をおいて、ため息をつきながら。


先生　要するに、神は、不在だというのに、地獄だけが存在するのだ。

人生が、このように不条理で、絶望的なものなら、何ら生きるに値しない。

それでも私は、このように容易に神をないがしろにしながらも、同時に福音や、恩寵やについて、諦め切れないでいる。

私は、天の御座のまわりに、光り輝く光明のあかるさを恋い慕う。

無量に返照する、如来の光明を思いみる。

（間）そして、またもや直ぐにうっとうしい、底知れぬ暗闇を思い知るのだ。

そして何だかこちらの方が、親しく感ぜられて心が落ち着くようなのだよ。

ことに深く考えごとをするときにそうなんだ。

メフィスト　それは、あなたの暗きを好む、隠された願望がそうさせるのです。
それがあなたの本性なのです。

先生　私をまるで、コウモリか何ぞのようにいうでない。
しかし、君が示唆するように、まんざら私にも暗闇から連想される静けさは、身にしっくりとくるようだ。

メフィスト　（楽しそうに）暗闇、大いに結構、私も好きですね。何とも心地よく、耳に響くじゃありませんか。暗闇の中では、あらゆる怪の物、魑魅魍魎の跳梁が想像できますからね。想像や空想は、あなたが得意とする分野じゃなかったですかい？

先生　（取り合わずに）何だか君がこの部屋に現れて、一緒にいると、もうそれだけで、妙に気がふたぐ思いだ。

メフィスト　それは、あなたの人を避けたがる、孤独癖がそうさせるのです。あなたのようなお人は、最も親しい自分の影さえも、そばにいることが煩わしいのでしょうよ。そうなれば、今の私なんぞは、とんだ邪魔者のようですな。

先生　（しんみりと）そうでもないサ。それより、私の心は、かなしく分裂をしてしまって、少しばかりおおげさにいうと、誰かの本にあったかも知れないが、ひそかに悪の根源を、探ろうとして、とてつもない善人を見付けてしまったり、神の王国の代わりにすぐに、地獄の存在に気づいてしまう。

メフィスト　（からかいながら）まぎれもなく、あなたは、今のこの世の、現在に生きていながら、あなたの悩み方といったら、まるで十九世紀ヨーロッパの、ロマン派といったところだ。

そんなふうでは、この二十一世紀の悪に、ついてゆけませんよ。

自己矛盾は、誰にでもあることです、捨てたものじゃありません。

たとえば、神性と魔性といった、二つの対立する概念を合わせて止揚すると、新しいひとつの概念ができ上がる。

先生　それが、わたしという人間だ。

メフィスト　いえいえ、人間を超えた、あるものです。

止揚をして、変容しなければなりません。

ただ混ぜ合わせただけでは、あなたのような、混沌ができ上がるだけです。

この際、自分をあまり、複雑に考えずに、ときには他人の意見に耳を傾けて、自在に、自分自身を変身して見てはどうです?

何なら、自分で自分がついた嘘にでもしがみついてみてはどうです?

ずいぶんと気が楽になりますよ。

(陽気に) どうせ嘘にすがるのであれば、思い切って、キリストさんに、しがみついてみてはいかがです?

先生　（少し憤慨して）イエス・キリストのことを、そんなふうに持ち出すんじゃない。いつもながらの、質の悪い皮肉をいって、君の異端は、たんに誰かに対して腹いせの悪さをしているだけだ。

メフィスト　私の皮肉は、いつもいつもとはいいませんが、よく聞いてもらうと、警世の辞になっているかも知れませんぜ。

もすこし視野を広げて高みから、俯瞰的にものごとを考えることですな。

先生　（ややあって、思い込むふうに、自嘲気味に）私のような人間は、僧庵を通じてしか人を愛せないのサ。天国を引き合いに出すことなしには、人を愛せないのサ。

メフィスト　（面白がって）おやおや、普段からろくに縁もないくせに、いきなり僧庵など持ち出したりして。あなたのようなお人は、おおかた人を愛する気持ちになるためには、僧庵どころか、見ての通りの本棚やら、その他のぎょうさんなお膳立てが、つまり飾り棚の香炉や、書画の一幅やらを、備えた静かな部屋のたたずまいが必要なんでしょうヨ。聖書のようなぎょうさんな、飾り物の言葉がお入り用なんでしょうヨ。

ですがね、いかなる言葉も、あなたの心に愛がなければ、たとえ福音書を読むとしても、大いなる、ヤクザなラッパにすぎません。

おおかた、それだけのことでしょうヨ。


メフィスト、話題をかえて。


ところで先生。

先ほどから気になっていたのですが、あの後ろの壁に懸かっている絵画は、いったい誰の作品です？


先生　（受けて）ああ、あれか。アルノルト・ベックリンの『死の島』だよ。

君が絵画などに興味があるとは思われないが、少しばかり説明するとね。

彼は、スイス生まれの十九世紀後半に活躍した、反印象派に属する象徴主義的、幻想的の画風を特徴とする画家だ。

同じ画題の『死の島』には幾つかの異作があって、この絵はバーゼル美術館にあるものの複製だよ。

今しも、一艘の喪の舟が、夕暮れの糸杉が黒くしげる、墓の島の入り江に入るところが描かれている。

どうだね。密やかで、幻想的で神秘的でもある。

全体に厳粛なところがある。

そうは思わないかね？

メフィスト　そんなことより、これでようやく、この部屋の雰囲気を暗く憂鬱にしている理由が分かりましたよ。

その暖炉の上の棚にあるのは何です？

先生　それは、フランスの挿絵画家のギュスターヴ・ドレーのエッチングだ。

ダンテの神曲の画集『煉獄編』から抜き取ったものだ。

先達のウェルギリウスと、ダンテが煉獄に着いて、丘の向こうから近づいてくる人々の霊を見上げる場面だ。

ドレーの作品には、この他にミルトンの『失楽園』があるが、それには他ならぬ君の祖先や眷属たちが、ワンサと現れるぜ。

その本棚の、端のところにあるよ。

メフィスト　（素っ気なく）見たくもないね。

それよりも、この際いっそうのこと、この部屋の雰囲気を思いっ切り明るくて、楽しげなものに変えてみたらいかがです？

（陽気に）手始めに、明るく派手な近代の裸体画など掲げては？

それが余りに露骨にすぎるとすれば、なに、ルネッサンス期の少し柔らかいのがあるじゃありませんか。

それもお嫌なら、無難なところで、明るい印象派のものをお勧めします。

それらを二つ三つ集めて、全体を明るく、華やぎのある部屋に変えるのです。

部屋の中から、怪しげな幻想やら神秘やら、ロマンティックなものを、追い出すのです。

視覚的な実際的な、感性的な、明るいものを並べるのです。

今や、実存主義やら構造主義やら、システム論がいわれているときですよ。

先生　（静かに落着いて）不条理や、実存主義やもいい古されて、このちいったい何の思想や、哲学が発見されるのだろう？

いったい神を、こんなに早く葬ってしまってよいものだろうか。

君は、困りはしないか？

だって君は、神とは表と裏の対のものだろう。

表がなければ、裏もない、が道理だ。

メフィスト　（陽気に）いやいや、いっこうに。
そうしたら、私は本気で、人間の裏返し、ということにしますさ。
対象にする人間の数には、とうぶん不足することもありますまい。

先生　（真面目に）こんな世の中のありさまじゃ、せめて神にでもいてもらわないと、堪らないじゃないか。
このありさまじゃ人類は、この先そう長くは、何世紀ももたないよ。

先生、相手を見やりながら、からかい気味に。

どうだネ、ひとつ、私の望む通りの『神』に化けてもらえまいか？

メフィスト　冗談じゃありませんや。
そのような作りものに、何の値打ちがあります？
それに、私はそんなに器用な方ではありませんよ。
むしろ、不器用といってもよいかも知れません。
そのために、誰やらと衝突して、地下に潜ったものの裔ですよ。

先生　（思い巡らすように）ときおり私は、信仰をもつ者の家系に育たなかったことが、悔やまれてならぬときがある。

牧師の家に生まれて、そこで育てられて、そのまま生涯、ゆるぎのない信仰生活が送れたらよかったのにと思う。


メフィスト　（皮肉な調子で）いかにも甘ったれのおねだり屋の、あなたのいわれそうな言葉だ。

今どき、信仰生活どころの話じゃありませんや。

それに、唯物史観によらなくても、神の不在は証明できますよ。

（先生の、手元の本を指差しながら）この地獄図の前ではね。

天国よりも地獄図の方が、より明確に印象されるのは、人間にとって、それがより普遍的だからです。


先生　「それ　地獄遠きにあらず　極楽遥かなり……」か。

何かの謡曲か、狂言にあったたな、ずいぶんな昔に、よくぞいったものだ。

（追っつけて急くように）　ひとつたずねるが、無とはいったいどんな状態だろう？

何ごとにも否定的な、君にとって、格好のテーマとは思わないかね？

すべてのことを突き詰めてゆくと、すべてが無に帰する気がする。

メフィスト　べつに、すべてを突き詰めてみなくとも、あなたが消えてしまえばあなたにとって、すべては無に帰しますよ。

先生　たとえ姿や形を変えても、この宇宙は存在するのだろうね？
理由もなく生じて、特別のこともなく、そのまま存在し続けるのだろう？

メフィスト　（普通に）そうではなくて、理由もなくて生じたものは、理由もなしに消滅するでしょうね。
宇宙のあらゆるものは、実存としても、観念としても存在しなくなります。
まったくあなたの死後の、何もない世界と同じようにね。

先生　何にもかもがなくなるなんて、そんなことがあってよいものか。
そんなことになるとしたら、お前さんなんか、いの一番に消えてしまうだろうがね。

先生、椅子に深く沈み込み、想いにふけるように、やや目を閉じながら。

（独り言のようにしんみりと）かつて、私のそばに二人の天使がまちがって舞い降りたことがあった。
ひとりは直ぐに、飛び立ったが、あとのひとりは傷付いて、長いあいだ、三〇年ものあいだ、飛び立てずに、この地上にとどまった。

メフィスト　それは何かの、暗喩ですかい？

それとも何かの夢の話ですかい？

しかし追憶という自己執着には、一種のナルシシズムの傾向がありますな。

先生　（少し感傷的に）私は、しばしばこんなことを思うのだよ。

もしも、ある人の生涯のうちで、その人生が辛く、どんなに不幸で、悲しく、惨めなものであっても、その人のある時期の記憶に、それもほんの幼いある時期に、自分をしんそこ可愛がり、愛しんでくれた人が、たとえひとりでも、あったとしたら、どんなに嬉しいことだろう。

そして、もしも自分が死んで、あの世へいったときに、その人と再会できるとしたら？

あの世で、何千億とも知れない、浮遊している霊魂の中から、瞬時におたがいを見つけ出して、再会できたら、どんなに素晴らしいことだろう。

しかもあのときの、愛しんでもらった幸せな頃と、そっくり同じ状態の姿のままで。

メフィスト　（笑いながら）またもや、おきまりの空想ですかい。

そのうちに、自分で造った幻想のモンスターを御し切れなくなって、その幻想が勝手に動き出しますよ。

そしてその幻想にからめ取られて、夢の中でうなされるようになるのです。

誰やらの詩に「幻想が向こうから迫ってくるときは、もう人間の壊れるときだ」というのがありますぜ。

先生　（感傷的な気分を保ちながら）もうほとんど、死ぬ間際になって、死ねばあの世で、懐かしい人達に会えるかも知れない、きっと会えるにちがいないと、思えることができたら、少しは幸せかも知れない。

そんなことは、ありえないと心に思いながらも。

そのような人達をもつことは、何をおいても必要なことだ。

メフィスト　（皮肉っぽく）それはあなたが、人からそう思われたいということでしょうよ、きっと。

いっておきますがね。

他人さまはね、あなたが期待して思うほどに、自分以外の他人のことを、まして、あなたのことなど誰も思ってやいませんよ。

それはあなたの思い込みというものです。

それは、先生のいつもの悪い癖で、思い上がりというものです。

それにすべて、思うだけですませることができるなら、結構なことですよ。

しかしそんなことに、何の意味もありません。

物事は実行することで、初めて意味が生ずるのです。
実行すれば、初めてそのことの困難さや、大変さが分かります。
たとえば、試みに詩文を作ってみる、ためしに絵を描いてみる。
これなどは、あなたも十分に知っているじゃありませんか。
そこで初めて、自分の無力を思い知るんです。

先生　(少し力んで) 私がいいたいのは、そんなことじゃない。逝ってしまって、今はもうすでに亡く、誰もが忘れてしまって、思い出しもしない哀れな人を、この世で誰かたったひとり、たとえば私だけがその人のためにお祈りをする。
そのことが、大事なことだというのだ。

気分をあらためたようすで、本を手から離して、手元のパイプをいじくりながら、話題を変えて。

私は、どうかすると、ただこのタバコのいっぷくを吸うためだけに、生きているような気がしてならないことがある。

メフィスト　（素直に）それも結構でさ。

少なくとも目的がハッキリしているからね。

それに、何しろ実感てものがありまさア。

（皮肉っぽく）空想や思索とちがってね。

タバコ一本吸っているあいだに、問題を先送りする。

そして、もう一本吸って見る、それで先送りする。

また一本吸ってみる、また先送りする。

そのうちに、自然と問題とやらが、すっかりケリがついて、すべてが解決するってわけでサ。

よくあることですよ。

（先生の顔を見やりながら）どうかその、不景気面を何とかして下さいよ。


先生、目をつむって、何やら長く、瞑想しているようす。

静かにゆっくりと場面が移る。

第二場

先生の姿が後方へうすれゆき、メフィストの姿が浮き出る。

手持ち無沙汰のふうのメフィスト、部屋の中を歩きまわりながら少ししんみりと、ひとりで独白を始める。


メフィスト　ときどきおれは、おれ自身の存在を実感することがある。自分の実在を、明確に確認できるが、しかしその存在のはじめの、成ってくるところを知らないのだ。

因って来たるところを知らないのだ。

まるで、生まれ落ちた記憶がないのだ。

物心がついたとき、そこにいたのだ。

祖先のしたことの事実が、もうそこにあったのだ。

何とも頼りないことに、つまり、初めが分からないのと同じように、おれの終わり方も分からないってわけだ。

まるで宇宙のようにだ。

（間）気が滅入って、弱気になるときに思うのだが、おれは、真っ暗な大きな安らぎが、母と思える、カオスが原郷のように懐かしい。

すべてのものを、飲み込んで無と化してしまう、虚無という虚ろは恐ろしい。


しばらくして、辺りはもとの先生の書斎の風景の部屋にもどる。

先生、瞑想から覚めたふうに、いくぶん気が清々した口調で話し出す。


先生　おや、君はまだいたのだね。

そろそろ、退け時ではないかね。

メフィスト　（やや皮肉な調子で）これはこれは、嫌みですかい。

居候をつづけていると、遠慮することについては、鈍感になるかわりに、その他のことについちゃ、ついつい敏感になりますよ。

先生　（普通に）ふと思いついたのだが、君には、どう思われるか分からないがね。

君の眷族たちが、孤独や悲哀の心を知るほどの小心者で、反対にエホバ神は、そんなことを笑いとばしてしまうほどに太っ腹だとしたら？

どちらが、われわれに近しいだろうか？

旧約のエホバ神は、怒り安くて気難しくて、まるで一国の王が人民に服従を強いるように、信仰についてきびしく強いたものだが、私は、願えることなら、新約のキリストさんによって、無条件に、優しく救われたいものだ。


メフィスト　それにしても、無条件に神を完全無欠で、絶対なものとして、その存在を問おうとすると、論理的にその実在を、否定しないわけにはゆきますまい？

世の中にみちみちている、不合理、不条理をどう思います？

今まで、戦争やら飢饉やら疫病やらの際に、「なぜ、あなたは現れないのですか？」と問う声が、何度も聞こえたはずなのに、応えはなかった。

殺されて死ぬものの数が、まだ足りないとでもいうのか？

そのことで、神は弾劾されるためだけにも、存在しなければならない。

先生　神なきままに、仮にこの先、人類が滅びるとして、そうなると、残念ながら君が存在しつづける理由も、なくなるわけだが、そのあとに人類の新しい種が生まれるための環境も時間もが、もう地球には残されていないのかも知れぬ。

メフィスト　（相手の顔を見やりながら）そう心配しなさんな。

すでに後継者たる、ロボットという変種が生まれているじゃありませんか。

例えば、あなたが亡くなったとしますね、その時にはこのロボットが、うれわしく泣いてくれるのです。

あるいは、号泣するかも知れません。

プログラムされた通りにね。

私はわたしで、ロボットであろうと、何であろうと、その種のもので、もしも情念や感情やら、心を有するものとありゃ、すぐとそのプログラムの中にもぐり込むまでの話でさ。

善行は安っぽくすぐに表に現れ出るが、その代わり、悪行は深く潜行してかくれるのです。

麗しく韜晦をきめこむのです。


メフィスト、これで話を収めるように。


(独白) さあ、悪は急げだ。

しかし、深く静かに秘めやかに、深く静かに秘めやかに。


—幕—

第五幕

第一場

夕暮れの先生の屋敷の庭。

ベンチにメフィストフェレスが、ひとりで腰掛けている。

庭の片隅で、太郎次がぶらついている。


メフィスト　（からかって）先ほどから何をウロウロと、うろついているのだね、ゴロツキの太郎次さん？

ずいぶんと、揺らめきながら歩くじゃないか。

宵のうちから、もう一杯きこしめしてきたのかい？

それとも、気取って、この屋敷地を散策のつもりかい？

太郎次　（不愛想に）一杯きこしめしてなんかいねえ。

それに気取ってなんかもいねえ。

もしおらが、ゴロツキなら、ロクデナシでないわけだ。

おあいにくさまで。


メフィスト　ところが、おあいにくさま、その両方なんだよ。

六でないから、五ろつきなんだよ。

先生の世話など、ちゃんとしてござるかな？

どこかのお馴染みの、あばずれの世話ばかり、焼くんじゃないよ。


太郎次　旦那のほうこそ、そろそろ潮時じゃねえのかい。

ずいぶんと、居ついたじゃねえですかい？

それに、日が暮れて辺りが暗くなってくると、妙に元気づくじゃねえかい。

昼間の明るいうちは、まるでコウモリか何ぞのように、どこに潜んでいるやら分からないくせに。

この暗さのせいか、旦那の後ろに何かが重なっているようで、薄気味が悪くてしょうがねえや。

メフィスト　ごたくを並べていないで、そこらへんの草抜きやら、あのへんの雑木やら、柴木の整理やら、することは、いろいろあろうが。

どこやらの庭とくらべると大ちがいだ。
あの向こうの草の茂みには、大きな蛇でも隠れていそうだ。

太郎次　ここは、どこやらの庭とちがって、ここは山つづきで、知らぬ間に山の木々が、押し寄せてくるんでサ。

メフィスト　まるで、マクベスだ。

太郎次　まるで、まくなしにでサ。
それに、今はもうこんな日の暮れで、お天道さまが、ちょうど竈の火を消しなさったところでサ。

メフィスト　（おどけて見せて）おやおや、お天道さまの竈の火が消えたとなりゃ、こりゃあ大変だ。

太郎次　（小馬鹿にした口調で）庭の草が茂りゃ、その陰にコオロギがすだいて、いい声で鳴くし、雑木には、山から小鳥がどっさりきてさえずるよ。
夜には夜で、山のキツネやタヌキも寄りつくってわけでサ。

メフィスト　（面白がって）どこやらのメギツネや、タヌ公に騙されるなよ。

太郎次　ところが、うちの耄碌先生を騙しているのは、どなたですかね。
そうやって、座っていると、まるで大きなクチナワが、黒々ととぐろを巻いているようで、恐ろしく思えてしょうがねえや。

メフィスト　ぐずぐずいっていないで、おとなしく竈の番でもしていることだ。もしも火が消えようなら、ことだろうが。

（普通に）そうそう、その前にちょっと、先生を呼んできてくれないかね。

（太郎次がしぶしぶ立ち去るのを見ながら）まったく、愚劣罪という法律でもあれば、あの出来そこないを、そっこく裁いてやるのだが。

ややあって、先生が気乗りしないふうに庭に出てくる。

入れ替わって、太郎次が立ち去る。

メフィスト　いつまで、私に太郎次のヤツの面倒を見させるつもりです？　このような気持ちのよい宵には、部屋に閉じこもっていないで、外で夜空でも眺めて、気散じでもしたらどうです？

ちょうど今、山の端から大きな月が昇るところです。

宵の明星も見えますよ。

先生　「月にむらぐも花に風」良いことは長続きしないことの喩えさ。

気をつけたまえ、星は人をそこない、月に見入る者は狂うという。

かつて、ドイツのバイエルン州に、月に狂った若者の王がいたな、月光王といってね。

吸血鬼が出るのも、満月の夜だという。

メフィスト　そら、ごらんなさい、七夕の織姫と彦星からなる、夏の大三角が見えます。
空の真ん中あたりに、北極星も見えます。

先生　（気分をかえて）天の川が素晴らしいじゃないか。

メフィスト　この天の川銀河からして、宇宙のほんの隅っこにあたるんですからね。

そして、その宇宙にはこれまた一〇〇〇億個の銀河があるとされる。

あなたのお住まいの、形而上学の世界と、ちと規模がちがう。

甘ったれた感傷の観念的世界とわけがちがう。


先生　（取り合わずに）はたして、この宇宙が存在することに意義があるだろうか。

いや、純粋に科学的に考えてだね。

科学は、その事象や物事の存在する意義を問わなければ意味がない。

メフィスト　科学は、仮定し、考えて、結論を出して、そしてその結論を証明しなければならない。

先生　仮定するのはよいが、存在を証明するとなると、さっそく君などは消滅してしまうだろうよ。
宇宙の初めに何があったのか。そんなものが存在する必要があったのだろうか。
それに、時間もだ、時間もまた宇宙と同時に始まったのだろうか？
（真面目に）はじめに、時間の止まった「今」がひとつあった。
そして何かの拍子に次の「今」ができると、初めの「今」は古びて「過去」となり、
新しい「今」を造るための「未来」ができた。
たとえ、「今」が滅びても、新しい「今」があるから、時は連続する。
滅びた「今」は過去のものになって抽象的に人の記憶のなかに残り、具象的には物の
事跡として残る。

二人、テラスに移動して椅子に座る。

メフィスト　（陽気に）あなたの観念論でめでたく時間が成りましたが、併せて難儀な、
空間と物質については、もう問わないことにします。
何はともあれ、この宇宙が誕生して、ざっと一三七億年。
それにくらべると人類の誕生などはごくごく最近のことということになります。

先生　（機嫌よく）人類の歴史、いや、人類というべきかどうか、何かそれらしい者は、猿人の「ルーシー」から始まったようだね。

何しろ、足跡が残っているからね。

どこだったかの、川べりの砂の上にね。

こんどは、誰の足跡で滅んでいくのだろう。

まさか君や、君の仲間たちの足跡ではあるまい？

メフィスト　（調子を合わせて）なに、私たちのいるあいだは大丈夫ですよ。

問題は、むしろ私たちがいなくなったあとです。

仮にあなたたちが、私たちを追い出したとしてですね。

つまり警告やら啓示を与えるものが誰もいなくなったあとの未来は、おっしゃるまでもなく、科学技術とかイズムとかに事欠かない、小賢しいあなたたちの末裔のものになります。

先生　うむ、イズムか。

民主主義の劣化はまぎれもなくて、全体主義はやがて極限に達してゆきづまる。

科学技術がもたらす様態はさまざまだが、人間が滅びる原因の可能性は、これがいちばんだろうね。

科学技術が作り出すものを、上手に使いこなせるほどには、人類は賢くないからね。加えて、みずからが規範とするイズムというモンスターを制御できなくなって、そのモンスターが勝手に動きまわるのさ。

（真面目に）仮に、この先の何年かのちに、地球とともに、人類が滅亡するようなことがあっても、それはそれで、やむをえないことかも知れない。

しかし、どう考えても、これまでに人類が成しえた、もっとも崇高な、業績のひとつであるもろもろの芸術作品、美術、音楽、文学作品といったものが、永遠にこの宇宙から消滅してしまうことには耐えられない。

真の芸術作品には、おのずからそなわる品格がある。

高貴なる懊悩がある、哀しみがある。

優しさがある、透察がある。

至高の神々に供えるに足るものである。

これほどに、高貴で高踏な精神が、かつて地球という宇宙の隅の、小さな星に存在したことを誰かに知ってほしいのだ。

メフィスト　（気さくに）その芸術作品の中に、私の祖先や仲間たちが出てきますね。

光栄の至りです。同感です。

まったく失くしてしまうのは、あまりにも勿体ない。

先生　何も君がそんなに喜ぶことはないさ。

何しろ君たちはいつも、テーマの否定者としてしか、登場しないのだからね。

メフィスト　ハイハイ、否定者大いに結構。

（うきうきと）例えばですね、ここに、ひとりの独裁者とその取り巻きによって、ある国の政体がある種の好まざる方向へ、ズンズンと傾いていったとしますね。

もちろん、国民大衆は右へ倣えです。

そこではみながみんな、いちように平等になることが、善とされています。

個性を持つことは、異端とされているぐらいです。

そして、みんなして低きに連なるんです。

そうすることが、いちばん楽で安全だからです。

そのために、まるで蟻塚のような国家ができあがる

それで、その結果がどうなったと思います？

歴史を見れば明らかじゃありませんか。

そのようなときに、少数派として、潮流の否定者として存在することが、どんなに難しいか、どんなに大切なことかお分かりですか？

ちゃんと歴史が証明しているじゃありませんか。
芸術について、話を戻すと、残念ながら芸術というものの、あらゆる分野について、
およそが十九世紀末までに花開き、そして咲き終えてしまった。
そうは、思いませんか？
あなたが、おっしゃりそうな言葉だと思いますがね。

先生　君のいうことにも、一理ありそうに思うが、さて、普段から気になって仕方がないのだがね。

なに、宇宙の話だ。

初めは、何もない虚無の空間が、どこまでも広がっていたのだろうか？

それとも、何かがその前にあって、やはりビッグバンのようにいきなり炸裂して、膨張して広がったものだろうか？

はたして、宇宙には果てしがないのか、それともどこかで行き止まりになるのか。

果てしがないのも、反対に行き止まりがあるのも、恐ろしく思えてならないのだよ。


メフィスト、秘めた何かの魂胆があるらしく、先生の顔を見やりながら。

メフィスト　何なら、その謎の一端を知るために、宇宙の旅に出かけてみるのも一興かも知れませんぜ。

宇宙の果てまではともかく、太陽系内の宇宙は、この庭先から眺めているよりは、ちっとはよく見えるというものです。

宇宙を知るための、参考になること請け合いです。

私に任せてもらえば、ご案内しますよ。

先生　謎解きの一助になればよいとしても、君については、おおいに疑問符がつくね。
君にも謎めいたところが、ずいぶんあるからね。

メフィスト　（生真面目をよそおいながら）それは、あなたの思考範囲に、問題があるからです。

宇宙にしても、何にしても、以前にあなたもいわれたことですがね、人は誰でも知りえた以上のことを思うことはできません。

想像したり、想定することはできても、それを認識して証明することはできません。

何よりも、先ず知ることから始めるべきです。

そのための、お手伝いができるかも知れません。

いっておきますが、すべてを私に委ねると約束されれば、という話ですがね？

ただし、ちょっとした危険が伴うかも知れません。
なに、何でもありません。こういっただけで、あなたが怖気づいてしまわれないか、試しにいってみたまでのことでサ。

先生　（相手の顔を見ながら）うむ、あまり気乗りのしない話ではあるが、実証的観念的旅行というのも、面白いかも知れないな。

第二場

先生とメフィストフェレス、テラスから移動して、太郎次がいる納屋の入り口のところで立ち止まる。

先生　ちょいと太郎次のようすを覗いてみよう。

メフィスト　ヤツは今ごろ、お馴染みのところかも知れませんぜ。

先生　（納屋の戸の隙間から覗き込んで）ふむ、まるで犬コロのように丸まって寝ておるわい。今宵はずいぶんと、早寝をしたものだ。

まあよい、神が授けたもうた安らぎのときだ。

せめて眠っている間だけでも、幸せな明日を夢みるがよい。

悩みから解き放たれて、安らぐがよい。

睡眠は、貧者富者の区別なく、また愚者にも賢者にも共に等しく与えられるものだ。


メフィスト　（皮肉たっぷりに）共に等しくというところなんぞは、そのまま人の死についてもいえることですな。

それに、コヤツに悩み、なんてものがありますかい？

まるであちらこちら、悩みの種を、まき散らすようなヤツじゃありませんか。


先生　（少し、しんみりとした口調で）ところが、そうばかりでもないのサ。

君は知るまいがね。

話をするとね。

ずいぶん以前に、この町へ聖書を売りにくる、ひとりの足の少し悪い、貧しくて病弱な娘さんがあってね。

その娘さんが、ある夜おそく、道端で行き倒れのようになっていたところを、偶然にも通りかかったこの太郎次が見かけて、助けたことがあったのだ。

そのことがあってから、その娘さんがときどき、私のこの屋敷に立ち寄るようになって、私も部屋に上げて、ちょっとしたことなどを話し合ったものだが、娘さんのその身なりは、たとえ貧しく見えても、その痩せこけた顔の表情が何とも明るくて、声も優しくて、心が綺麗で、少しばかり天使を思わせるようなところがあった。

太郎次のヤツも気になると見えて、珍しくお茶をこまめに入れ替えにきたり、やたらと部屋を覗きにきては、雨が降りそうだから、今のうちに宿へ帰れだとか、やれ、天気になりかけたとか、気を使って、自分では読みもしない聖書を、二冊も買ってやったりしたものだ。

ところがある年の冬に、娘さんがやはりこの町にきたときに、急に体の具合が悪くなって、そのまま三月ばかり寝付いた末に、ついに亡くなってしまったのさ。

ふだんから労咳を病んでいたのだね。

病弱とはいえ、まだ若くて、少しは花も咲こうというころを、冬の枯れ木のようにやせ細ってしまってね。

町の衆も哀れに思って、みんなでこの町の教会で、ねんごろに葬儀をして、おなじく教会の墓地に葬ってやったのさ。

何しろ、聖書のこともあるからね。

そして、それから埋葬が済んで帰ってきたときからの、太郎次のヤツのようすが変なのさ。

体をブルブルとふるわせて、妙に興奮して、何やら叫びながら、いきなり二冊の聖書を床に投げつけて、踏みにじるような仕草をしたかと思うと、しばらくしてから今度は、丁寧にそれを机の上に拾い上げて、そのままじっと、長いあいだ黙ってそれを見つめたまま動かないのさ。

私と顔を合わせることがあっても、十日あまりものあいだ、いっかな口をきかなかったものさ。

そんな太郎次が私にも哀れに思えて、それ以来、彼をこれから先も、ずっとこの屋敷におくことにしたのさ。

メフィスト　（間）太郎次のヤツの話は聞きましたよ。

ついでに申しますが、私のことも、これからずっとここにおいて貰いたいものですな。

先生　おいて貰うもなにも、君は勝手に居着いているじゃないか。

（気を変えたように）ところで、君にどんな思惑があって、私のところへくる気になったのか知らないが、太郎次のようなヤツを取り込むなんてことができるかい？

メフィスト　（気軽に）そんなことは、何でもありませんや。

方法はいろいろありますよ。

でもね、問題はそのことに何の意味があるかということと、それに私の気が向くか、どうかということでさ。

ほら、有名な憂い顔の騎士のドン・キホーテのサンチョ・パンサや、女たらしのドン・ジョヴァンニのレポレロのような従者とくらべて、太郎次メ、ちと、見劣りのするヤツですが、いろいろやり方はあるものですよ。


先生　太郎次なりに忠実なところがあるよ、彼には。

ところが頑固なところが、やっかいなのさ。

（つくづくと夜空に見入りながら）それにしても、今宵の月はことさら見事だな。

（感動して）このような月を見ると思い出すのだが、アポロ11号だったか、人類が初めて月面に着陸したおりの映像のことだ。

月から見える漆黒の闇の宇宙に浮かぶ、瑠璃色の青々とした地球の姿の、なんと神々しく美しく見えたことか。

（感動を強めながら）この真っ暗闇の無機質の宇宙にあって、たった独りで浮かぶ、麗しく、懐かしく、愛おしいものに向かって、思わず手を合わせたくなった。

涙が流れそうになり、神に感謝したくなったものだ。

メフィスト　（皮肉っぽく）ですがね、たとえ神が、その瑠璃色のビー玉を造ったとしても、そこでいったい何が行われていると思います？

有史以来ずっと、そこでつまり、あなたたち人間たちが犯している、諍いやら殺戮やら残虐やらの、かずかずの愚か事には、われわれごときが、及ぶどころじゃない。あきれ返るばかりでさ。

できることなら、黙示録にある『苦よもぎ』という燃えさかる星を落として、怪しからぬあなたの、人間どもを懲らしめてやりたいところでさ。

先生　（なお夜空に見入りながら）あの月や天の川銀河や星々がこの宇宙にいきなり、コロっと出てきたわけでもあるまい？

いったい、どこからやってきたのだ？

どんなふうにできてきた？

メフィスト　クォークですよ、元はクォークという素粒子ですよ。

それが、あなたの表現を借りれば、コロっと出てきたわけですね。

それが集まって固まった塵でもって、星の数々が、そしてその次のまたその次の、いちばん最後の方に、いろんな生き物やら人類が生まれるんです。

先生　（真面目に）元は、クォークなどといっても、それがどのような小さな素粒子であろうと、それが物質である以上、それのよってくる元があるはずだ。

もしかすると、神の意志によるものか、何かの霊によって、生じたかも知れないし、
それには君の祖先か、君の家系がかかわっているやも知れぬ。
宇宙が生成、誕生する遥かな、はるかなる以前、時間も空間もなかった時代。
いうなれば、形而上学的、観念的などでもいうしかない状態、何かこう霊的などでも
いうべきところ、物質的には無であるところの、いいようのない神秘的な有の世界、
私には何だか懐かしい原郷のように思えるよ。
（なおも続けて）空想に寄りかかって生きるのも、オツなものだよ。
私はときどき、こんなことを想像するんだよ。
仮に天国があるとして、やはりそこを照らしているのは、太陽だろうか。
だって、天国ではどこからか光がさして、明るく照り輝いているだろう？

メフィスト　またぞろ想像ですかい。
いつまでも、想像ばかりしていないで、私のために耳を貸してくださいよ。

先生　（かまわずに）あるとき、誰とも分からぬ者に優しく抱かれて、昇ってゆくような
気がしてそのうちに、気がついてみると、誰もいない足元のいちめんが、真っ白な絨
毯のような雲の上だ。
普段から思っていた天国とは、少し違うなと思いながら、しばらくして、歩き始める

のだが、そのどこまでもつづく真っ白な雲の上の果てのどこかに、何かの門のようなのが見える。

そして、その向こうがほんとうの天国で、その門のところには、懐かしいお人がひとり佇んで、私のくるのを待っておられる。

メフィスト　（話の腰を折って）無駄なお喋りは、もうこの辺でよしてもらって、何なら前にも話しましたように、世界の謎解きについて、宇宙とちがって、もう片方の世界へご案内のお伴をしてもよいのですがね。

つまり、二か所のところ、ややに静かなプルガトリオと、いま少し賑やかで、火煙の匂いの臭いヘルですがね。

（ここから冗談っぽく）その賑やかなところへは、私がお伴をしなくとも、あなたひとりで十分にお出かけになれますよ。

仮に、どちらにしようかと迷うことがあっても、ちゃんと決めてくださる方がありますからこころ丈夫です。

つまり冗談抜きにして。

先生　君の冗談抜きの、嫌みなもののいい方はもう聞き飽きたよ。

メフィスト　少々のことで気を悪くするには及びません。

それよりも、今は天上の方へご案内しようと思います。

なに、これとても、お望みの天国のことではありませんよ。

宇宙の空間です。

虚しく上方に広がっている、空間のところですよ。

星々がよく見渡せる天界です。

膨張をつづける、宇宙のドラマを垣間見ることができますよ。

先生　宇宙は、今だに膨張をつづけているのだね。

メフィスト　そうです、膨張をつづけている宇宙は、今だに半成りの状態です。

それがよいのです。どのようなものに仕上がるか楽しみです。

しかし、もしもでき上がってしまったらどうしましょう。

だって、でき上ってしまったあとは、物事なべて、衰退の一途をたどるばかりですからね。

先生　この宇宙が衰退をつづけて、あげくの果てに亡びて消滅してしまったら、そのあとはいったいどうなるとお思いです？
考えてみただけで、恐ろしくなります。

先生　ふむ、理屈通りにいうと、宇宙ができ始める前の状態に戻るということだね。

メフィスト　それがどんなことか、想像がつきませんね。

先生　（間）ときに、君にいちど聞いておきたいと思っていたのだが、君はいったいどれほどに、今のこの宇宙を知っているかい？

メフィスト　どれほどにあなたは、人生を知っています？　以前にあなたは私のことを、抽象的な存在か何かのもののようにいわれたが、宇宙について、唯物的科学論を突き詰めてゆくと、私の考えるところでは、その先はおのずから形而上学の領域に入ることになるかも知れません。抽象的な形而上学的世界、そこはもはや神の世界、ひょっとしてまた、私の先祖の属する領域であるかも知れません。

先生　唯物論をいくら突き詰めても、他に変わることはない。神学をいくら探究しても、科学に成りようはあるまい。宇宙自体もそうだが、宇宙を取り巻く周りが、あるのかどうかも問題だ。

メフィスト　（笑って）そんなことより、二つ目、三つ目の宇宙があるか、どうかを考えるべきですな。

先生　そんなに、幾つもあるものだろうか？

メフィスト　なぜないのです？

われわれが、知らないだけのことかも知れませんよ。知らないものは、在りようがありませんからね。ほら、土星の環だって、三〇〇年以上もまえに、オランダ人のホイヘンスが発見するまでは誰も知らなくて、まるでなかったことと、同じじゃなかったですか。木星の、大きな四つの衛星だって、ガリレオが見つけるまでは、右に同じでしたよ。人が亡くなって、もしも次に生まれ変わるときは、別の宇宙の、もうひとつの地球ということだってありえるわけです。

先生　その逆のこともありえるわけだ。別の宇宙も、もうひとつの地球さえもないという。

メフィスト　もちろんです。仮にあなたが亡くなったとしてですね、その先に何かがあると思っていたら、まるで何もない。霊魂さへもなかった、ということだってありえるわけです。無駄話はこれくらいにして、そろそろ実行に取り掛かろうじゃありませんか。

先生　（感じ入ったように）この天の川銀河だけで、二〇〇〇億個以上もの恒星があるというから驚きだね。

メフィスト　そして、この宇宙には、前にもいったようにこれまた一〇〇〇億個の銀河があるとされる。
いちばん近いといわれるお隣の、大小のマゼラン雲までが二〇万光年。
次いで大きな渦巻き状のアンドロメダ銀河までが二三〇万光年。
もっとも遠い宇宙の果てにある星までは、一〇〇億光年以上も離れています。
ところが、たとえその星が見えたとしても、もはや一〇〇億光年もまえの星の姿にしかすぎないのです。
先生　つまり、われわれはその星の存在から、一〇〇億光年もの後に存在しているわけだ。
メフィスト　先生にしては、珍しく科学的に考えてものをいわれる。
先生　（冗談っぽく）ところで、こんな空想はどうだろう。
メフィスト　（呆れたふうに）今度は、空想ですかい。
先生　実のところ、この宇宙は何兆分の一ミリの塵か何ぞからではなくて、反対に思い切り明瞭な具体物、たとえば鉄製のネジや、鋼鉄のバネや、鉄床などによって造られたもので、そうして造られた宇宙の涯を、どんどんと馳せてゆくと、いきなり目の前に、巨大なスクリーンに映し出されるように、これまた巨大な神の顔と姿が現われるとしたらどうだろう。

メフィスト　ところが、どうだろう、その巨大なスクリーンには、神の顔どころか、似ても似つかぬ、何かこう、思い切り恥知らずな愚鈍で暗愚な鈍牛のような顔がヌッと現れて、思い切り野卑な言葉を吐きながら、敬虔な神の信者たちを見て笑い飛ばすとしたら？

こんなものが、この宇宙を創り出しているとしたら？

先生　もう、このような空想はよそう。

（真面目な顔付きにもどり）しかし、まったく何もないというのもな。

いっそうのこと、何ならせめて、君の親族の邪悪な意志でもあったなら。

メフィスト　（珍しく気分を害して）それはどうですかな。

私の親族は、もともと高踏派なものでね。

簡単に邪悪などと、あなたからいわれたくないですな。

先生　（意に介さず）君が前にもいったように、宇宙は膨張をつづけているようだ。

これについては、ある一定の方向にだけに膨張するとは考えにくいので、それならば宇宙は、おのずと球形の姿をとることになる。

多くの、銀河や星雲や星やら塵やらが、内部に散らばる霧の塊りのような大きな球形のものが、限りなき暗黒の無の、虚ろの空間に浮かぶさまが想像される。

私の興味を引くのは、その球体の宇宙の方ではなくて、それを取り巻く限りなき暗黒の無の虚ろのことだ。

そのようなものが、存在するとしての話だがね。

これについて、君はどう思うかね？


メフィスト　つい先ほどまでは、宇宙はトンカチや鉄床などで造られるなどといっておきながら、今度は虚ろの話ですかい？

おっしゃるとおり、宇宙は膨張しています。

それについてゆくのはたいへんです。

まあ不可能といってもいいですが、仮に誰かが今後、宇宙旅行をするとしても、たとえば波乗りのように、うまくそれに乗る方法を考えることですね。

何にしても、先ずは光の速度を、超えないことにはどうにもならない。

先生　光の速度を超えるには、どうしたものだろう？

メフィスト　思い切って物理的なものから、観念モードに切り替えることです。

車のチェンジを切り替えるようにね。

そして観念的思弁的の世界に飛び込むんです。

実体を超えることです。

そうすると、どんなところへも、宇宙の果たての崖っぷちのようなところへも、自由にゆけます。

先生　実体を超えるには、どうしたらよい？

メフィスト　（先生の顔を見やりながら）私と同類のものになれ、とはいいませんが、思い切って私に任せることです。

先生　うむ、君にね。

メフィスト　（何となく、催眠術をかけるような仕草をする）一夜の夢でも見るつもりで、気楽な気分でいらっしゃい。

先ずは、わが太陽系内の星々を訪ねるとしましょう。

いちばん遠くの冥王星をすぐ間近に見やりながら、広大な宇宙の旅も夢幻のうちにすぎますよ。

そして、まるでホウキ星が大きな軌道を回るようにして還ってくるのです。

先生　うむ、ホウキ星か。

その昔に、懐かしい記憶に出逢ったように、忘れていた言葉のように、幽かな尾を引いて、夜空の彼方にかかっていたものだ。

（躊躇しながら、頼りなさそうに）それで、私は、これからどうしたものかな？

メフィスト　両目をしっかり瞑って、気をやすめて、誰かに抱かれて昇天していくつもりになることです。

先生　その誰かが、君でなくて他のものであればよいのだがね。

メフィスト　まあ、私に任せなさい。

私の他に誰がいるというのです。

先生　任せろといわれてもね。

君が、誰か他の存在であればよいのだが。

メフィスト　（横を向いて、独り言をいう）これで、もうあんたは、おれの物というわけだ。

宇宙は膨張しています。

先ずは太陽系から始めて、その先はチェンジを切り替えて、うまく波にのらないと。

さあ、もう時間がありません。

先生　（決断したようすで）よし、任せよう。

メフィスト　承知した。

メフィスト、大きく両手を広げて、先生の顔と体を覆う。

先生　（間をおいて）何だか体が透けてゆくような気がする。

何だか、急に大気の気が薄くなっていくような気がする。

何だか、時間が壊れてゆくような不思議な気がする。


先生とメフィストフェレスの体の影がしだいに薄れてゆき、やがて、姿全体が消え失せる。

まわりがしだいに暗くなり、ほとんど闇にちかくなる。

暗がりの中から、メフィストの声が響く。

メフィストの声　汝ら、カインの裔よ。
地球の子よ、土の塵より生まれしものは塵に帰るべし。
汝ら自らの虚しさを知れ
初めにありしごとく、終わりあるはよし。

しだいに舞台全体が暗くなり、そのあとに場面がかわる。

ふたたび病室のなか、小さな移動机が部屋の隅に移されて、ベッドの布団が、片付けられてなくなっている。

窓からカーテン越しに淡い光が差し込んでいる。

やがてその光が薄れゆき、部屋全体が暗くなり、静かに幕が降りる。


—幕—

自註

10頁「まことに心地よく…」闇の世界に棲むものとしての暗闇との親和性をのべる。

11頁「暗闇が明かりをもたらす…」ヘシオドス「神統記」によれば、原初神カオスから「夜」と「幽明」が生まれ、その子供として「昼日」と「澄明」が生じたとしている。

「フクロウではないからナ　コウモリではないかナ」フクロウのような瞑想する哲人のようでも、また不吉で陰鬱なコウモリでもないと否定することで、かえってその実、自分は同じく夜の世界の住民であることをほのめかす。

14頁「あちこちの地方を巡り…」ヨブ記1・7の神に問われてサタンが答えた言葉を援用して、ここでは、自分がサタンの眷属であることをほのめかしている。

「何ぞはるかに立ち給うや…」詩篇10・1

27頁「深き淵より…」詩篇130・1

「哲人のような詩人」神に代わるものとして「ツアラストアかく語りき」で「永劫回帰」「超人」の思想を創出したニーチェは哲学者というよりも、むしろ浪漫主義派の詩人に近いと考えられる。

28頁「はじめに言葉あり…」ヨハネの福音書　1・1

35頁「知恵おおければ…」　旧約「伝道の書」1・18

「悲しむ者。その人は…」マタイの福音書　5・4

58頁「私の知っているロシアの小説…」ドストエフスキーの小説諸篇では、えてして主人公たちに劣らず、端役的な人物が思わぬ自己主張や真実を語る。たとえば「罪と罰」の落ちこぼれた酔っ払いのマルメラードフと、その妻肺病やみのカテリーナ・イワーノブナ「カラマーゾフの兄弟」の神経質で病弱な少年イリューシャの父親の貧乏人の弱者のスネギリョフなど、日陰者で劣等感をもつ者がこの世の不条理やときには神に対して、痛烈な批判や怨訴や告発の真実を訴える。「ボロ切れのようなもの」は極端な誇張表現。

62頁「喉の渇いた鹿が…」詩篇　42・1

71頁「われは野のおすめ鳥のごとく…」詩篇　102・6

「ああ　わがたましいよ…」詩篇　42・5

77頁「いつかの楽聖…」ベートーヴェンを指す。

102頁「オフィーリア野にゆけ…」　ハムレット「尼寺にゆけ」のもじり。

116頁　「涙とともに種まくものは…」詩篇　126・5

118頁　「憂い顔の騎士」ドン・キホーテを指す。

「遠い祖先たちが、反逆を起こして…」ジョン・ミルトンの『失楽園』において、もと大天使のルシファー（サタン）が、世界の覇権を争い神に反逆して、天軍によって奈落へ追い落とされた。

120頁　「かつてダンテからも、美青年…」　神曲 地獄篇　34・16・34

122頁　「五芒星形の絵を…」五芒星形は魔除けのしるし。

125頁　「ひそかに悪の根源を…」ファウスト第一部のメフィストフェレスのことば（常に悪を欲して、しかも常に善をなす…）からの援用。

132頁　「それ地獄遠きにあらず…」

「それ地獄遠きにあらず、極楽はるかなり。いかに罪人いそげとこそ」能狂言「朝比奈」「八尾」にある、シテの閻魔大王の謡の言葉。

「何ごとにも否定的な…」ファウスト第一部のメフィストフェレスのことば（私は常に否定するところの霊なんです）による。

135頁　「幻想が向こうから…」　宮沢賢治（小岩井農場　パート九）

144頁　「まるでマクベスだ」マクベス四幕第一場　幻影三。

パーナムの森の樹が向かってくることをいう。
146頁「月に狂った若者の王…」夜と孤独を愛した王、ルートヴィッヒ二世を指す。
158頁「苦よもぎ…」黙示録 8・11

あとがき

文学・音楽・絵画・彫刻などといった諸芸術と同じく、戯曲演劇もまた芸術分野において、独特の位置を占めている。言葉だけでなく、視覚に加えて聴覚によって、あるいは演者の個性によって観客に対して、直接に思想や意志や、悲喜の感情などを伝えることができる。

また文学なかんずく小説においては、その情景の叙述によって、さながら演劇上の舞台の場面を彷彿とさせることがあり、なかでもとくに複雑な心理描写と思想が深刻なドストエフスキーには、個性的な登場人物が多く、演劇的効果を盛り込んだ叙述が豊富である。

長編小説『白痴』では、抜け目のないいつも芝居気たっぷりな道化役のレーベジェフに、当時の十九世紀半ばに発達しつつあった鉄道を、現代の『苦よもぎ』であると語らせて、発展途上にある浅薄な文明社会を、痛烈に皮肉り批判をしている。

いうまでもなく『苦よもぎ』は黙示録で、松明のように燃え盛る大きな星が、天から世界中の川という川や水源に落下して、水の三分の一が苦くなり、多くの人々が死亡したと記して、堕落した人間たちに警告をしている。

今世紀の現代でいうと『苦よもぎ』は、間違いなく「インターネット」であろう。

デジタル技術がもたらした、科学技術は、日常生活にかつてない便宜をもたらすと同時に、限りなき不安と危険性をももたらした。

とりわけ情報技術の危険性は明白で、技術を悪用したたった一言の偽情報や、悪質生成AIを信じ込み惑わされることで、世界中が混乱をおこし、ひいては人類の滅亡につながりかねない。

本著で草野の先生が危惧した人類の滅亡の危機は、気候変動や環境破壊だけではなく、一片の『フェイクニュース』で生じることは、じゅうぶん予想されるのである。

本著が、皮肉や諧謔に加えて、真摯な警告をも包含していることを、ご理解いただければ幸いである。

最後に本著の出版にあたり、お世話になりました西　香緒理様をはじめ、神戸新聞総合出版センターの皆様方に厚く御礼申し上げます。

二〇二四年四月吉日

川本多紀夫

川本多紀夫（かわもとたきお）
本名 川本勝美（かわもとかつみ）
1938 年兵庫県三田市に生まれる
所属暦　短歌結社「眩」（1999〜2013）
「短歌人」（2017〜2021）
所　属　同人詩誌　リヴィエール
総合詩誌　ＰＯ
関西詩人協会
e-mail k.taki859@gmail.com

草野の先生　五幕劇
（偽作または戯作　ファウスト）

2024 年 5 月 15 日　第 1 版第 1 刷

著者・発行者―川本多紀夫
制 作・発 売―神戸新聞総合出版センター
〒650-0044 神戸市中央区東川崎町 1-5-7
電話 078-362-7140　FAX078-361-7552
印刷―株式会社 神戸新聞総合印刷